漢詩花ごよみ

百花譜で綴る名詩鑑賞

渡部英喜

まえがき

『漢詩花ごよみ』という書名で詞華集を編もうと思い立ったのは、漢詩には多くの草花が詠み込まれているからです。しかし、現代人の私たちには植物の知識が乏しいのではないかと思われます。同じ漢字でも、日本と中国とでは全く種類が違うものがあります。こうした漢字を幾つか掲げてみましょう。

漢字	日本	中国
鮎	アユ	ナマズ
鮪	マグロ	チョウザメ
鮭	サケ	フグ
柏	カシワ	コノテガシワ
桂	カツラ	モクセイ
楓	カエデ	フウ
桜	サクラ	ユスラウメ

どの漢字も馴染みがあるものばかりです。

旧暦二月中旬には「花朝《かちょう》」と呼ばれる日が設けられています。花朝とは花の誕生日のことで、春の花々が一斉に咲き綻《ほころ》ぶ頃です。この日十五日（あるいは十二日）は花の神を祀《まつ》る花神廟《かしんびょう》に多くの参拝者で賑わったといわれています。また、諸々の花には花の神が存在し、月ごとに花の神が定められています。

春	一月	梅
	二月	杏《あんず》
	三月	桃
夏	四月	薔薇《しょうび》
	五月	柘榴《ざくろ》
	六月	荷《はす》
秋	七月	鳳仙花
	八月	桂花《もくせい》
	九月	菊
冬	十月	芙蓉《ふよう》
	十一月	椿
	十二月	蠟梅《ろうばい》

——全て旧暦——

花朝は百花生日《せいじつ》ともいい、中国の人々は古くから草花とは深い関わりがあったことを示しています。中国最古の詩集『詩経』には、女性が男性に求愛するときには植物の実を投げつけるとあります。それだけ植物は身近な存在だったのです。中国ばかりではなく、欧州でも花言葉を手紙の代わりにしたり、特定の意味のある花を相手に贈り、自分の意志を相手に伝えていたようです。洋の東西を問わず、草花は人々の日常生活に深い関わりがあったことがわかります。

この『漢詩花ごよみ』があれば、漢詩と植物との関係がより一層身近に感じられるようになることと思い、「詞華集」として仕立てました。

本書に収録した漢詩は、唐詩三十一首、両宋詩十首、日本漢詩五首、衛・漢・魏・晋・斉各一首」の五十一首ですが、唐宋詩だけで八割強、日本漢詩を含めると九割を超えています。詩人数は三十五名ですが、詩人別では、王維の八首が断トツに多く、次いで、白居易・蘇軾の各三首。

続いて、李白・夏目漱石の各二首がベスト5に入っています。

とりわけ、日本漢詩が全体の一割を占め、夏目漱石がベスト5にランクインしているのは特筆すべきことでしょう。

漢詩を読む前に、植物の解説にぜひ目を通してください。知っているつもりでも知らないことが沢山あります。その後で、漢詩を味読していただければと思います。

本書はどこから読んでも大丈夫なように出来ています。お好きなところから読み始めて、漢詩の奥深さを味わってくださることを切に願っています。

最後に、植物についての解説は、北村四郎著『原色日本植物図鑑』(保育社)をはじめ、木村陽二郎監修『花と樹の大事典』(柏書房)等多くの書籍を参考にさせていただきましたが、とりわけ牧野富太郎著『原色牧野植物大図鑑』(北隆館)を参考にさせていただきました。記して感謝申しあげます。

渡部英喜

まえがき 1
押韻について 6
梅　王安石「夜直」 9
水仙　夏目漱石「題自画」 13
菜の花　范成大「晩春田園雑興」 17
薇　王績「野望」 21
款冬　張籍「逢賈島」 25
苔　王維「鹿柴」 29
柳　楊巨源「折楊柳」 33
木蓮　王維「木蘭柴」 37
杏　杜牧「清明」 41
桃　蘇軾「恵崇春江暁景」 45
梔　韓愈「山石」 48
虞美人草　項羽「垓下歌」 55
松　賈島「尋隠者不遇」 59
桜　藤井竹外「芳野」 63
羊躑躅　杜甫「絶句」 67
木瓜　無名氏「木瓜」 71
梨　蘇軾「和孔密州五絶東欄梨花」 77
海棠　薛濤「海棠渓」 81
荷　謝朓「游東田」 85
薔薇　高駢「山亭夏日」 89
牡丹　劉禹錫「賞牡丹」 93
石榴　蘇舜欽「夏意」 97
葵　司馬光「客中初夏」 101
葭　司空曙「江村即時」 105
槐　白居易「暮立」 109
桑　王昌齢「城傍曲」 113
茘枝　蘇軾「食茘支」 117

菱　李白「蘇台覧古」　121
銀杏　王維「文杏館」　125
梧桐　朱熹「偶成」　129
漆　王維「漆園」　133
蓼　太田錦城「秋江」　137
桂花　王維「鳥鳴澗」　141
楓　夏目漱石「山路観楓」　145
楓　張継「楓橋夜泊」　149
柏　杜甫「蜀相」　153
蕎麦　白居易「村夜」　157
葡萄　王翰「涼州詞」　161
椒　王維「椒園」　165
呉茱萸　王維「九月九日憶山中兄弟」　169
菊　白居易「送王十八帰山寄題仙遊寺」　173
大豆　曹植「七歩詩」　177
栗　陶淵明「責子」　181
甘藷　范成大「冬日田園雑興」　186
枳　温庭筠「商山早行」　191
茶の木　森鷗外「無題」　195
韮　杜甫「贈衛八処士」　199
枇杷　戴叔倫「湘南即事」　205
真竹　楊万里「夏夜追涼」　209
蓬　李白「送友人」　213
紅豆　王維「相思」　217
作者紹介　221
あとがき　244

押韻について

漢字の音は声母と韻母からできています。

例えば「来」字をローマ字で表記するとＲａ・ｉとなります。子音のＲを声母といい、あとの音のａ・ｉを韻母といいます。また漢字は音調（音の高低のパターン）によって平字《ひょうじ》と仄字《そくじ》に分けられます。平字は高低がない発音の字で上平声と下平声に分けられます。仄字は高低の変化がある発音の字で、上声・去声・入声に分けられています。

押韻（韻を踏む・韻を揃える）とは韻母と四声（平声・上声・去声・入声）が同じものを、絶句・律詩・排律等の偶数句の句末に置くことです。七言詩の場合は第一句の句末にも置くことを原則としますが、置かない場合もあります。それを「踏み落とし」といいます。殊に、一句目と二句目が対句の場合は韻を揃えないこともあります。

本書に収められた漢詩の韻の部分に付された○◎等の印は平字の韻、●▲■等の印は仄字の韻であることを示しています。近体詩の場合、「一韻到底」が原則です。「来」を例にとると、百六種ある詩韻の灰に分類されています。韻字を揃えるためには、上平声の十灰に分類されている漢字を用います。例えば、「台」Ｄａ・ｉという漢字をです。これを一韻到底といいます。押韻について詳しくは拙著『心にとどく漢詩百人一首』（亜紀書房）一二五頁を、漢詩の形式については、同書三三五頁を参照してください。

漢詩花ごよみ——百花譜で綴る名詩鑑賞

梅

ウメ

バラ科サクラ属。原産地は中国の中部で、わが国には奈良時代に渡来しました。豊後梅に野生種がありますので、日本原産という説もあります。落葉低木で高さは五～六メートル。葉は互生し、長さ四～九センチ、幅三～五センチ。卵形で、縁には細かな鋸歯があり、葉柄に微毛があります。

花期は二～三月。花の色は白色、淡紅色、紅色などですが、青色の花（三渓園）もあります。花は葉の出る前に、前年の枝に咲きます。花に香りがあり、実は球形で、表面にビロード状の毛があり、黄熟します。六十種ほどあるようです。

中国の花言葉は子授け、多産。

夜直（夜直《やちょく》）

金炉香尽漏声残◎
剪剪軽風陣陣寒◎
春色悩人眠不得
月移花影上欄干◎

北宋　王安石《おうあんせき》

金炉《きんろ》香《こう》尽《つ》きて漏声《ろうせい》残《ざん》す
剪剪《せんせん》たる軽風《けいふう》陣陣《じんじん》寒《さむ》し
春色《しゅんしょく》人《ひと》を悩《なや》まして眠《ねむ》り得《え》ず
月《つき》移《うつ》りて花影《かえい》欄干《らんかん》に上《のぼ》る

（七言絶句・上平声十四寒の韻）

梅

ウメ

語釈

夜直　とのい。宋代には翰林《かんりん》学士（翰林院の官僚）が毎晩一人ずつ宿直していた
金炉　金属製の香炉
漏声　漏は水時計。声は響き
残　次第に小さくなること
剪剪　うすら寒い
陣陣　切れ切れに続く
春色　春の景色
月　この場合は西に傾く月をさす
花影　春の魁《さきがけ》をなす梅の花か

通釈

金の香炉の　香尽きて　水時計の　滴る響き　かすかなり
うすら寒く　そよぐ風　切れ切れに　寒さ増す
春の景　物思い　ふけらせて　眠れずにいる
月移り　花の影　欄干に　上りくる

鑑賞

春の夜、宮中に宿直して春の情景を詠った絶句です。熙寧《きねい》二（一〇六九）年、作者四十九歳の作品です。この絶句は蘇軾《そしょく》（一〇三六～一一〇一）の「春宵一刻直千金」と詠い出す「春夜」と双璧をなす作品として知られています。

時刻は春の早朝。春とはいえまだ薄ら寒さが感じられる頃です。南宋の沈括《しんかつ》の『夢渓筆談』（巻二十三）によれば、「宮中の宿直は毎晩、翰林学士《かんりんがくし》が一人ずつ学士院に宿泊する」決まりになっていたとあります。

「剪剪たる軽風陣陣寒し」と詠《うた》う承句は晩唐の韓偓《かんあく》の「測測たる軽寒陣陣の風」（夜深）の句に基づいていますし、転句の「春色人を悩まして眠り得ず」も晩唐の羅隠《らいん》の「春色人を悩まして遮り得ず」（春日葉秀才曲江）からの影響です。

また結句の「月移りて花欄干に上る」は一説に「月は花影を移して欄干に上らしむ」と読んでいます。この句にも、「月移花影横幽砌　風揚松声上半天」（姚合《ようごう》）とか、「日移松影過禅床」（温庭筠《おんていいん》）という先例の句があります。なお、内田泉之助先生は『漢詩百選』（明治書院・昭和三十七年）で、「月によって花影が自動的に現れてくるところが面白い」と指摘しています。

水仙

スイセン

ヒガンバナ科スイセン属。原産地は地中海沿岸、北欧、北アフリカ。別名ナルキッスス、雪中花といいます。分類は大変複雑で亜種や変種が多いようです。日本での栽培は明治末年から大正にかけて、イギリスをはじめ、ニュージーランド、オーストラリアに比べて、はるかに遅れています。英名はナルシサスとか、ダッフォディルといい、ヨーロッパの花言葉は「うぬぼれ」「自己愛」、中国の花言葉は夫婦愛。

自然の開花期は十二月から四月。秋咲きもあります。白・黄・赤・桃色のカップ状やラッパ状の副花冠の中に、一個の雌しべと六個の雄しべを持ち、花は単生または散形状に数花つけます。球根は鱗茎、その中心から花茎を出し、帯状や線形の葉を二～五個つけます。

水の中にいる仙人のイメージから中国名の「水仙」が生まれ、和名もそれによります。ナルキッススは「麻痺させる」の意味を持つラテン語の属名。花の香りや根の薬効からともいわれています。

題自画（自画《じが》に題《だい》す）

明治　夏目漱石《なつめそうせき》

独坐聴啼鳥　　独《ひと》り坐《ざ》して啼鳥《ていちょう》を聴《き》き
関門謝世嘩◎　門《もん》を関《とざ》して世嘩《せいか》を謝《しゃ》す
南窓無一事　　南窓《なんそう》一事《いちじ》無《な》く
閑写水仙花◎　閑《かん》に写《うつ》す水仙花《すいせんか》

（五言絶句・下平声六麻の韻）

水仙

スイセン

語釈

謝　ことわる。謝絶

世嘩　世の中のさわがしさ

南窓　陶淵明（三六五？〜四二七）の「帰去来の辞」に「南窓に倚りて以て傲を寄す」とある

閑　ひまなるまま

通釈

ただひとり　座したまま　さえずりを聴く
門とざし　俗世間との　交渉断ち
南の窓べ　何ごともなく
ひまにまかせて　水仙の花　写してる

鑑賞

大正元（一九一二）年十一月の漱石の日記に「山水の画と水仙豆菊の画二枚を作る」とあり、「水仙の賛に曰《いわ》く」として、この絶句を記しています。

この絶句について、大正元年十一月十八日付の津田青楓宛の書簡に、「今日縁側で水仙と小さな菊を丁寧にかきました。私は出来栄より画いた事が愉快です。書いてしまへば今度は出来栄によって楽しみが増減します。私は今度の画は破らずに置きました。此つぎ見て下さい」と書き綴っています。絵の出来栄えが気に入ったのでしょうか。五言絶句もすばらしい作品です。

菜の花

ナノハナ

アブラナ科。アブラナ科の植物にはカブ、ハクサイ、ノザワナ、コマツナ、チンゲンサイ、キャベツ、ブロッコリー、カリフラワー、ワサビ等々があります。蕪村の俳諧「菜の花や月は東に日は西に」のナタネの花は「赤だね」という江戸時代に栽培されていた種類ですが、日清・日露の戦争後には中国産のナタネが輸入されました。昭和三十五（一九六〇）年に、カナダから輸入されたのはセイヨウアブラナです。

現在のナタネはセイヨウアブラナを指します。在来のナタネは黒海付近から北ヨーロッパにかけて野生だったものが渡来したものです。ちなみにカブは弥生時代あるいは縄文時代に渡来したといわれています。

晩春田園雑興

胡蝶双双入菜花◎

日長無客到田家◎

鶏飛過籬犬吠竇

知有行商来買茶◎

（晩春田園雑興《ばんしゅんでんえんざつきょう》）

南宋　范成大《はんせいだい》

胡蝶《こちょう》双双《そうそう》菜花《さいか》に入《い》る

日《ひ》長《なが》くして客《かく》の田家《でんか》に到《いた》る無《な》し

鶏《にわとり》飛《と》んで籬《まがき》を過《す》ぎ犬《いぬ》竇《あな》に吠《ほ》ゆ

知《し》んぬ行商《ぎょうしょう》の来《き》たりて茶《ちゃ》を買《か》う有《あ》るを

（七言絶句・下平声六麻の韻）

語釈

田家　農家

籬　垣根。まがき

賓　あな

通釈

チョウチョウ　つがいで　菜の花に入《い》る
春の日長く　農家訪ねる　客もない
鶏が　垣根飛びこえ　犬穴から　ほえたてる
商人《あきんど》が　茶買いに　やってきたのかな

菜の花

ナノハナ

鑑賞

「田園雑興」は淳熙十三（一一八六）年の一年間、石湖（蘇州郊外）のほとりでの情景を絶句に書き留めているうちに六十首になってしまい、その六十首の絶句を「四時田園雑興」と名付け「春日」「晩春」「夏日」「秋日」「冬日」というように五つのシーズンに分け、それぞれを十二首の絶句に分類したものです。

この詩は「晩春」のグループに属します。農村の昼下がりの様子を詠じていて、いかにものどかな雰囲気が描きだされています。鶏と犬の鳴き声で静寂は破られるのですが、それは茶の仕入れにやってきた商人の来訪の知らせだったのです。主人と行商人の商談が終われば、またひっそりと静まりかえります。

鶏と犬といえば、意識するのは「鶏犬の声相聞こゆ」という『老子』の世界であり、陶淵明の「桃花源記」の世界です。鶏と犬を詠ずることは理想郷を意味します。作者はこうした先人達を意識しているのです。范成大の作品は幕末維新の頃によく読まれたようです。

薇

ワラビ

うらぼし科ワラビ属。日当たりのよい山地・原野に生える多年草シダ植物。

ワラビの語源には、①ワラは茎、ビは食べられるという意味。②形が藁火《わらび》に似ているから。③早春に萌えることを笑いに見たてて、春早く萌芽することを山笑うとして。④散生《わらび》しているから、といういろいろな説があります。

ワラビにはビタミンB$_1$を破壊する酵素が含まれているので欧州では食べませんが、干しワラビは火傷、血止め、脚気、しもやけなどの薬効があります。

漢名は蕨。属名は翼。

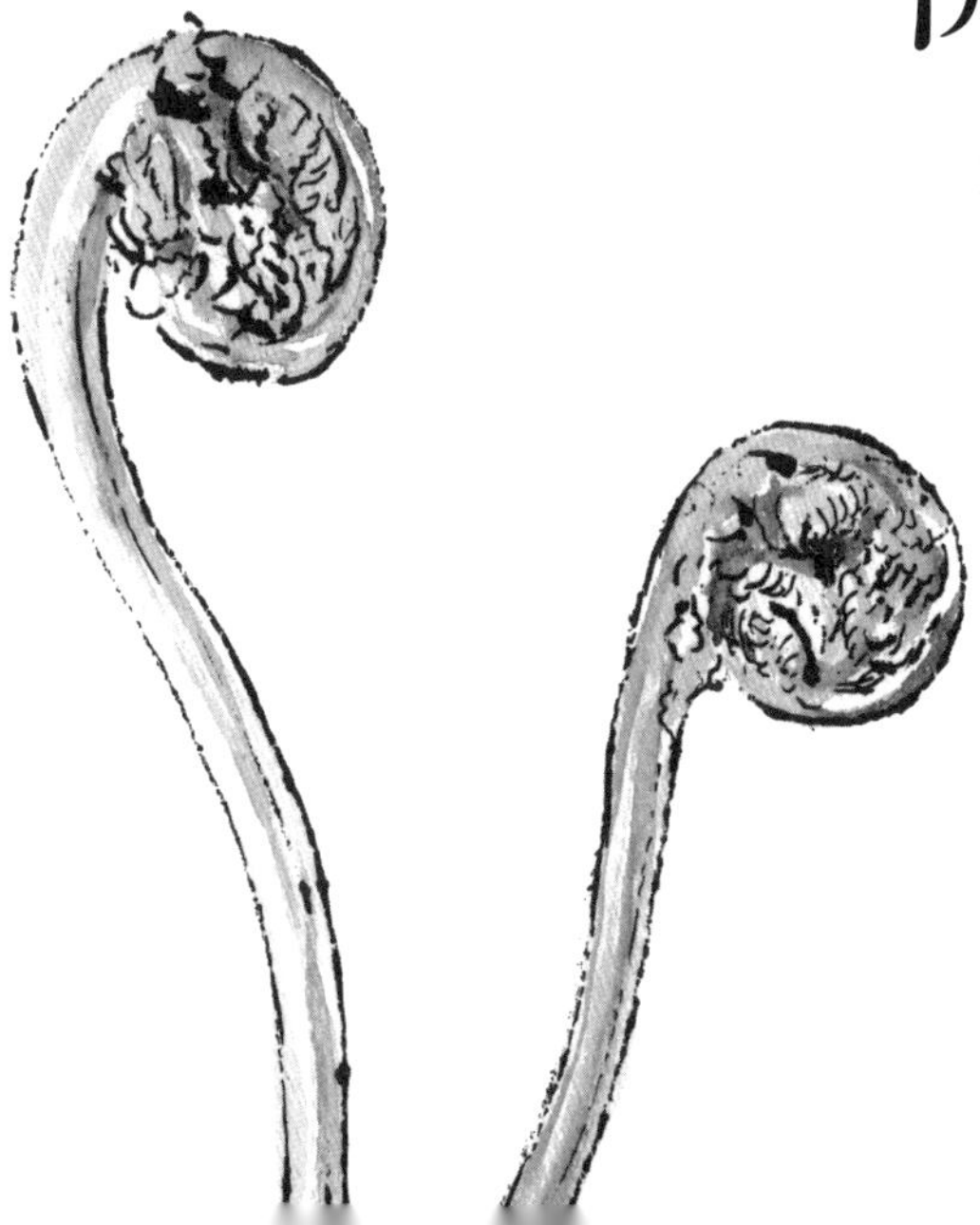

野望（野望《やぼう》）

唐　王績《おうせき》

東皐薄暮望
徙倚欲何依◎
樹樹皆秋色
山山惟落暉◎
牧人駆犢返
猟馬帯禽帰◎
相顧無相識
長歌懐采薇◎

東皐《とうこう》薄暮《はくぼ》に望《のぞ》み
徙倚《しい》して何《いず》くにか依《よ》らんと欲《ほっ》す
樹樹《じゅじゅ》皆《みな》秋色《しゅうしょく》
山山《さんさん》惟《た》だ落暉《らっき》
牧人《ぼくじん》犢《とく》を駆《か》って返《かえ》り
猟馬《りょうば》禽《きん》を帯《お》びて帰《かえ》る
相《あい》顧《かえり》みるに相識《そうしき》無《な》し
長歌《ちょうか》して采薇《さいび》を懐《おも》う

（五言律詩・上平声五微の韻）

薇

ワラビ

語釈

皐　岡。沢の意味もある
徙倚　さまよう
落暉　沈みゆく太陽
犢　子牛
相識　知り合い
采薇　伯夷《はくい》・叔斉《しゅくせい》の兄弟が、周の武王が殷の紂《ちゅう》王を討つことを諫《いさ》めたが聞きいれられず、首陽山（洛陽郊外）に入ってワラビだけを食べて、餓死した故事を踏まえる

通釈

東の岡で　夕闇迫る　野を眺む
行きつもどりつ　身をどこに　寄せようか
木々全て　秋の色
山々は　夕日あび　赤々と
牧夫《ぼくふ》　子牛駆りたて　もどりくる
狩り人《かびと》は　鳥獣を　馬にくくりて　帰りくる
眺め見るも　知らぬ人ばかり
声のばし　歌うたい　ワラビ採《と》り　人偲ぶ

鑑賞

王績の代表的な作品の詩です。王績は隠逸《いんいつ》（俗世を逃れる）の趣きを好んでいたようで、隠逸詩人の宗といわれた陶淵明（三六五〜四二七）の生き方にひかれ、淵明の用いた詩語の「東皐」を使って詠いだしています。

第一・二句は隠逸風の詠いぶりであり、次の第三・四句は自然そのものの描写です。続く第五・六句は自然の中での生活を描いています。そして結びの第七・八句では、ふたたび隠者を意識しています。廉潔《れんけつ》（心が正しく清い）の君子の代表とされる伯夷叔斉の二人の兄弟を登場させています。伯夷叔斉は殷《いん》の孤竹君《こちくくん》の子ですが、父は弟の叔斉をあと継ぎに考えていましたが、兄弟が互いに譲りあって国を去り、周の文王のもとに行きました。文王の死後、周の武王が殷の紂王《ちゅうおう》を討とうとしたのを二人で諫《いさ》めたが聞きいれられず、首陽山に隠れ住み、餓死したという故事を踏まえています。

詠い出しと結びは古《いにしえ》の隠者を強く意識しています。

第三・四句はきれいな対句に仕立てられています。近景（樹樹皆秋色）と遠景（山山惟落暉）の対比によって深まりゆく錦秋《きんしゅう》の情景が描写されています。

孤高の王績が自然と一体になっているような詠いぶりです。

款冬

フキ

キク科フキ属。多年草。山野の湿った林や道ばたに生えます。別名をフウキとかフフキともいい、漢名は款冬《かんとう》。款東・款凍とも書きます。原産は日本ですが、朝鮮半島・中国・サハリンなど東アジアに分布しています。早春、地下茎の先に独立してできる花茎をフキノトウ（款冬花）といいます。花茎は四十センチ程に伸びます。フキノトウは食用になりますが、薬用にもします。葉には綿毛があり、幅十五～三十センチ。

栽培品種には種子を結ばない愛知早生や秋田大蕗があります。大蕗は葉柄の長さが二メートル、葉柄の直径が六センチ程です。

逢賈島（賈島《かとう》に逢《あ》う）

唐　張籍《ちょうせき》

僧房逢著款冬花◎
出寺吟行日已斜◎
十二街中春雪遍
馬蹄今去入誰家◎

僧房《そうぼう》に逢着《ほうちゃく》す款冬花《かんとうか》
寺《てら》を出《いで》て吟行《ぎんこう》すれば日《ひ》は已《すで》に斜《なな》めなり
十二《じゅうに》街中《がいちゅう》春雪《しゅんせつ》遍《あまね》し
馬蹄《ばてい》今《いま》去《さ》りて誰《た》が家《いえ》にか入《い》らん

（七言絶句・下平声六麻の韻）

款冬
フキ

語釈

賈島　中唐の詩人（二二五頁参照）
逢著　出会う
款冬花　ふきのとう
吟行　詩を口ずさみながら歩く
十二街　都大路

通釈

僧房で　フキノトウに　出会った
寺を出て　詩口ずさみて　歩めば　夕陽《せきよう》斜め
長安の　都大路に　余すところなく　春の雪降る
馬にまたがり　立ち去って　どこに　くりこもう

鑑賞

詩題にある賈島（七七九？〜八四三）は范陽（河北省涿《たく》県）の人。字は閬仙《ろうせん》。無本と号し、長安の楽遊原上にある青龍寺に住んでいました。韓愈《かんゆ》（七六八〜八二四）に認められて還俗《げんぞく》し、進士に及第（七九九）しました。「推敲《すいこう》」の故事でも知られていますが、苦吟して句を練っていました。その詩は肉づきに欠け、にがいひびきや沈んだ調子のものが多いとされています。

なお、青龍寺は隋の開皇二（五八二）年の創建ですが、唐の武徳四（六二一）年に廃され、翌年に観音寺として再建、景雲二（七一一）年に青竜寺と改名され、北宋の元祐元（一〇八六）年以降に寺院は廃滅しました。唐代以降、日本との関係も深く、空海、円仁などの高僧がここで修行しました。境内には一九八二年五月に空海記念碑が建立されました。

この詩はくりかえし科挙に落第し、青龍寺に住んでいたころの賈島を詠じた作品と思われます。その頃の賈島を作者は「款冬花」というイメージでとらえていますが、そのイメージにぴったりです。「款冬」は冬の氷を叩き破るという意味ですが、早春に花をつけるフキノトウのこと。フキまたはフキノトウの花言葉は「私を正しく認めてください」です。

なお、賈島は四十三歳ごろから楽遊原の南にある昇道坊に、十数年間居を構えたこともありますが、当時の貧乏な暮らしぶりを姚合《ようごう》は「衣巾は半ば僧施し、蔬菜は常に自ら拾う」（「賈島閬仙に寄す」）と詠んでいます。

苔植物は蘚苔《せんたい》類・地衣《ちい》類・菌類の総称。水中の藻《そう》類とシダ植物との中間に位置し、植物界の両生類ともいわれています。世界には約二万三千種もあり、日本には約二千種の苔類が生存しています。極地から熱帯まで、地球のいたるところで見られますが、阿寒湖や屈斜路湖の湖底にはヤナギゴケ、猪苗代湖にはヒロハノススキゴケが生育しています。

苔植物はスギゴケ（オオスギゴケ）やミズゴケなどの蘚類、ゼニゴケ等の苔類、ツノゴケ類の三類に分けられています。日本の山野に広く分布しているのは、スギゴケ、スナゴケ、ハイゴケ、ヤマゴケ（マンジュウゴケとも）などです。中国では地銭とか銭苔といいます。

苔

コケ

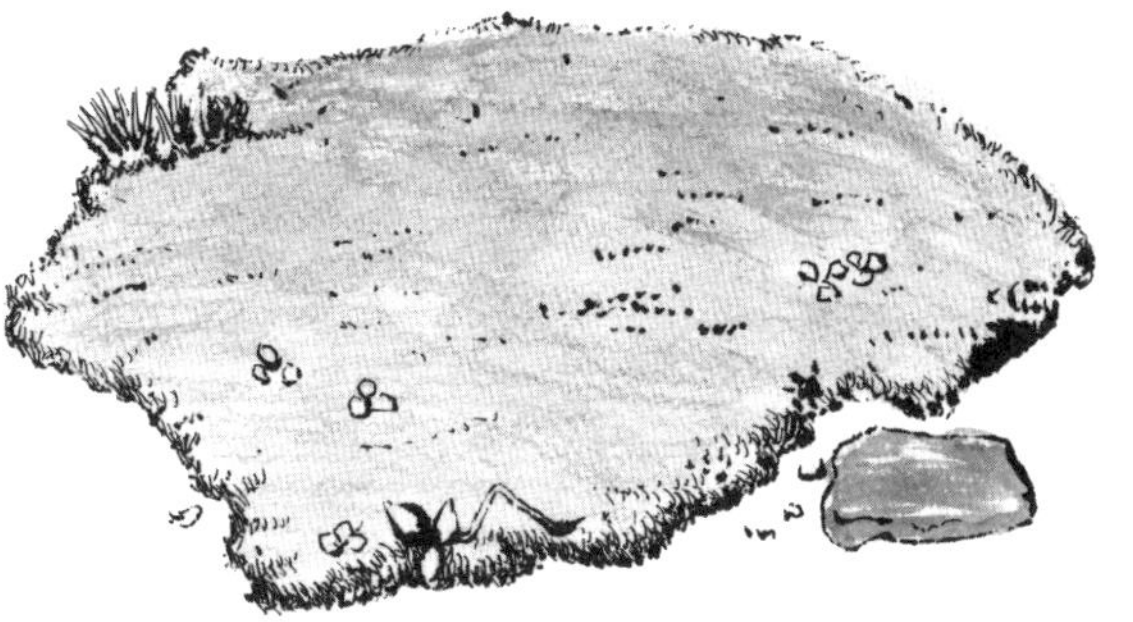

鹿柴（鹿柴《ろくさい》）

唐　王維《おうい》

空山不見人
但聞人語響◎
返景入深林
復照青苔上◎

空山《くうざん》人《ひと》見《み》えず
但《た》だ人語《じんご》の響《ひび》き聞《き》こゆ
返景深林《へんけいしんりん》に入《い》り
復《ま》た照《て》らして青苔《せいたい》に上《のぼ》る

（五言絶句・上声二十二養の韻）

苔

コケ

語釈

空山　ひっそりとした山
聞　聞こえてくる
返景　夕陽。景は影
復　再び

通釈

ひっそりとした　山の中　人影見えず
聞こえくるのは　話し声　響くだけ
夕日の光　深い林に　さしこんで
またもや　青き苔　照らし出し　はいのぼる

鑑賞

詩題の「鹿柴」は鹿を飼うための囲いとか、野生の鹿の侵入を防ぐための柵という意味にとられていますが、ここでは「鹿野苑《ミガダーヤ》」を意識すべきです。鹿野苑とは釈迦が初めて修行者を教化した場所のことで、仏教徒にとっては聖地なのです。この詩は仏教からの影響があり、詩仏王維の本領を発揮した絶句です。王維が母の死後、別荘を鹿苑寺《ろくおんじ》と名付けたのも、鹿野苑を意識していたからです。

前半の二句は夕暮れ時の静寂な世界が詠われています。森閑とした情景は音を配することでより効果的になります。俳聖芭蕉の「古池や蛙飛び込む水の音」と同じで、静寂さをより一層引き立てる効果があります。

後半の二句は一瞬の美を捉えているところが見どころです。朝方に差し込んでいた太陽の光が夕方になり、ふたたび青々とした苔を照らし出しながら、少しずつ移動しているさまが詠じられています。青い苔と夕日の赤との色彩の対比も見事で、さすが南宗画《なんしゅうが》の祖と称えられている王維の詩です。眼前の風景をそのまま写生しているにすぎないのですが、印象的です。なお、夕景も仏教からの影響です。西方浄土を意識しているのです。

四句目は「復《ま》た照《て》らす青苔《せいたい》の上《うえ》」と読んでいるテキストもありますが、「響」の韻が、上声二十二養の韻ですから「上」も名詞の「上《うえ》」（去声二十三漾の韻）ではなく、動詞の「上《のぼ》る」と読んで、韻を揃える必要があります。

柳

シダレヤナギ

ヤナギ科ヤナギ属。中国の中南部が原産です。日本には奈良時代に伝来しました。落葉高木で、枝は柔軟で、下垂し風になびきます。別名イトヤナギ。葉は互生します。庭木や街路樹として植栽されています。漢名は柳。

ネコヤナギ（カワヤナギ、エノコロヤナギ）は日本各地、朝鮮、中国、ウスリーに分布しています。このヤナギを楊といいます。

中国の花言葉は別離、帰還。

折楊柳　（折楊柳《せつようりゅう》）

水辺楊柳麴塵糸◎
立馬煩君折一枝◎
惟有春風最相惜
殷勤更向手中吹◎

唐　楊巨源《ようきょげん》

水辺《すいへん》の楊柳麴塵《ようりゅうきくじん》の糸《いと》
馬《うま》を立《とど》め君《きみ》を煩《わずら》わして一枝《いっし》を折《お》る
惟《た》だ春風《しゅんぷう》の最《もっと》も相惜《あいお》しむ有《あ》り
殷勤《いんぎん》に更《さら》に手中《しゅちゅう》に向《む》かって吹《ふ》く

（七言絶句・上平声四支の韻）

語釈

楊柳　ヤナギ。楊はカワヤナギ。柳はシダレヤナギ

麹塵糸　ヤナギの芽。テキストによっては「緑烟糸」

煩君　～してもらう

殷勤　ていねいに。ねんごろに

通釈

岸辺のヤナギ　新芽出て　黄緑色《きみどりいろ》の糸のよう
馬とめて　君に一枝《ひとえだ》　折ってもらう
春風が　枝との別れ　惜しむかのよう
ねんごろに　てのひらにまで　吹きよせる

柳

シダレヤナギ

鑑賞

別離を主題にしている楽府題《がふだい》です。柳は別れのシンボル。春風を擬人化し、手折られて、手の中にある柳の枝を春風が別れを惜しむかのようにやさしく吹きよせているると詠っているのです。

別れの情を間接的に春風に託しているところに工夫があるのです。柳の新芽を「麴塵の糸」と詠じたのもおもしろい着想かと思います。

木蓮

モクレン

モクレン科ホオノキ属。別名をシモクレン（紫木蓮）とかモクレンゲ（木蘭花）といいます。漢名は辛夷・木筆。中国中部原産の落葉大低木。樹高四メートル程。束生して分枝し、葉は互生し、長さ八～十八センチ。花は葉に先立って小枝の先に一個ずつ咲き、平開しません。花の下に小さい葉があり、がく片三、花弁六で二列。春に咲きます。

コブシはアマアラギとかコブシハジカミともいわれ、落葉高木で花に香気があり、実に辛味があります。コブシは日本列島と韓国の南部に自生していますが、モクレンは一七二〇年に渡来した植物です。

木蘭柴（木蘭柴《もくらんさい》）

唐　王維《おうい》

秋山斂余照
飛鳥逐前侶◎
彩翠時分明
夕嵐無処所◎

秋山《しゅうざん》余照《よしょう》を斂《おさ》め
飛鳥《ひちょう》前侶《ぜんりょ》を逐《お》う
彩翠《さいすい》時《とき》に分明《ぶんめい》
夕嵐《せきらん》処所《しょしょ》無《な》し

（五言絶句・上平声十灰の韻）

木蓮

モクレン

語釈

木蘭　木蓮
柴　垣根
斂　おさめる
余照　残照
前侶　前を飛ぶ鳥をさす
彩翠　美しい緑
分明　明らか
処所　いどころ

通釈

秋の山　夕日を　吸いこみ
飛ぶ鳥は　前行く鳥を　追い急ぐ
美しき　木々の緑も　くっきりと
夕もやが　立ちこめる　所無し

詩題は良い香りを放つモクレンなどを鹿などの害から守るために作られた柵のことで、『輞川集』の六首目にあたります。

鑑賞

輞川の里の秋の夕暮れ時の風景が詠まれています。紅葉で色付いた秋の山が、折からの返照を浴びて、より一層美しくなっていると詠じています。残照が山に当たっている様子を「斂め」と詠んでいますが、これはなかなか思いつかない発想です。二句目の「飛鳥前侶を逐う」は陶淵明（三六五〜四二七）の「飛鳥相与に還る」（飲酒・其五）に通じています。

作者の詠う鳥は、理想郷の輞川を目指しています。紅葉した秋の山の中に緑鮮やかな木が処々にあるというのです。その緑と紅葉とが映じあっている様子を印象深く詠んでいます。夕もやがここかしこに湧きあがっていれば一層幽玄な世界を眺めることができたのに、と残念に思っているのです。

杏

アンズ

バラ科サクラ属のアンズはカラモモともいわれ、中国の北部が原産地です。落葉小高木のアンズの樹高は三〜五メートル程です。花は昨年の枝につき、葉が出るよりも早く咲きます。がく片は紅紫色でそり返っています。種の中の肉（杏仁《あんにん》）は薬用として使用されています。

杏にゆかりの熟語として、至聖と称された孔子が学問を教えた場所を「杏壇」といい、唐には進士（国家公務員の上級職）に及第した者が宴会を賜った場所を杏園といいます。また、三国時代、治療代の代わりに、杏を植えさせたという故事から「杏林」という熟語もあります。

杏林は医者とか、医院という意味です。

「杏月」は旧暦二月。杏花雨とは清明（新暦四月三日頃）の時節に降る雨。また、春の耕作の時期を知らせる「杏花菖葉」という四字熟語もあります。これは菖蒲《しょうぶ》の葉が生じて耕し、杏の花が開いて、百穀を蒔くという意味です。

中国の花言葉は科挙合格。

清明（清明《せいめい》）

清明時節雨紛紛
路上行人欲断魂◎
借問酒家何処有
牧童遥指杏花村◎

唐　杜牧《とぼく》

清明《せいめい》の時節《じせつ》雨《あめ》紛紛《ふんぷん》
路上《ろじょう》の行人《こうじん》魂《こん》を断《た》たんと欲《ほっ》す
借問《しゃもん》す酒家《しゅか》は何《いず》れの処《ところ》にか有《あ》る
牧童《ぼくどう》遥《はる》かに指《ゆび》さす杏花村《きょうかそん》

（七言絶句・上平声十三元の韻）

杏

アンズ

語釈

清明　二十四節気の五番目、春分から十五日目
雨紛紛　雨がしきりに降る
行人　旅人。作者自身をさす
欲断魂　心が滅入っている
借問　ちょっと尋ねたい
牧童　牛飼いの少年

通釈

清明のころ　杏花雨　降りしきる
道行く人は　魂も　消えいるばかり
居酒屋は　どこかと　尋ねたら
牛飼いの子は　アンズ咲く　村指さした

鑑賞

清明節は冬至から百七日目、春分からは十五日目にあたり、墓参りをしたり、ピクニックに出掛けたりします。しかし、この時節には杏花雨と呼ばれるこぬか雨がしきりに降ります。旅人はそのこぬか雨に降り込められて、心が滅入っているのです。

後半がこの詩の見どころです。冷えきった身体を温めようと居酒屋を探していると、遥か彼方、こぬか雨が煙る中、杏の花咲く村の中にある居酒屋がぼんやりと見えています。まるで、水墨画の世界です。

杏花村の所在をめぐっては四つの説があります。杏花村を杏の花咲く村という普通名詞にとる説と固有名詞にとる説です。固有名詞の場合には、①山西省汾陽県、②安徽省貴池県、③湖北省麻城県が本家争いをしています。①は杜牧の「并州道中」詩が決め手になっていますが、詩中に雪景色が詠じられており、こぬか雨を詠じた情景とは違いがあるようです。なお、杜牧は一度も山西省を訪ねたことがありません。それにこの詩の前半の二句は山西省の乾ききった黄土台地の雰囲気ではなく、江南の風景です。

江南地方は②の貴池県（安徽省）だけです。武漢の東にある麻城県も貴池県と気候に大差がありませんが、麻城には杜牧が訪ねた記録はありません。貴池県には会昌四（八四四）年に池州刺史《しし》として赴任しています。『池州府志』には杏花村は池州（貴池）の西郊にあって、黄公酒家や黄公広潤玉泉（井戸）があると記載されています。また、『江南通志』には杜牧が黄公酒家に出掛けたことが見えます。ですから、②貴池が最有力ではないかと思います。

桃

モモ

バラ科サクラ属。桃は中国の北部が原産地で、日本には奈良時代に渡来しました。はじめは観賞用として栽培されていた落葉小高木（五～十メートル）の桃は江戸時代には二十種以上の園芸品種になったそうです。桃が食用として栽培されたのは明治になってからです。桃は実がたくさん実るので「百百《もも》」と書きましたが、実の表面に微毛が密生していることから「毛毛《もも》」とも書きました。

葉は互生し、長さ十センチ程になります。花は葉が出るよりも早く咲きます。淡紅色、濃紅、白、八重、菊咲きなど品種も多い。果実は初夏に熟しますが、雪の降る十一月頃に実る冬桃もあります。また、実に微毛のないツバイモモという変種もあります。実が扁平《へんぺい》な桃、つまり孫悟空ゆかりの蟠桃《ばんとう》もあります。箒桃《ほうきもも》・菊桃・源平枝垂《しだれ》・残雪枝垂・唐桃などもあります。

桃は魔除けのシンボルです。家の門口を守るために、桃の板（桃符《とうふ》）を飾りました。それが門松の起こりです。

中国の花言葉は子授け、安産。

恵崇春江暁景

（恵崇《えすう》の春江暁景《しゅんこうぎょうけい》）

北宋　蘇軾《そしょく》

竹外桃花三両枝◎
春江水暖鴨先知◎
蔞蒿満地蘆芽短
正是河豚欲上時◎

竹外《ちくがい》の桃花《とうか》三両枝《さんりょうし》
春江《しゅんこう》水《みず》暖《あたた》かにして鴨《かも》先《ま》ず知《し》る
蔞蒿《ろうこう》は地《ち》に満《み》ちて蘆芽《ろが》は短《みじか》し
正《まさ》に是《こ》れ河豚《ふぐ》の上《のぼ》らんと欲《ほっ》する時《とき》

（七言絶句・上平四支の韻）

桃

モモ

語釈

恵崇　僧侶の名。画家でもある
春江暁景　恵崇の描いた絵の題
蔞蒿　キク科の多年草、しろよもぎ
蘆芽　葦《あし》の芽
河豚　ふぐ

通釈

竹藪の外　花付けた　二、三本の　桃の枝
春の川　水温《あたた》まる　鴨まず知る
しろよもぎ　地に満ちて　葦芽吹く
まさに　フグ　さかのぼる時

鑑賞

元豊八（一〇八五）年、恵崇の描いた「春江暁景」に題した詩です。前の三句は画中の景色をそのまま詩に詠じています。竹林の向こう側には、花を付けた桃の枝が二、三本あり、さらに水の緩んだ春の川、その川面には鴨が描かれ、川辺には葦《あし》の芽と白よもぎが描写されている絵画です。

最後の一句は、恵崇の絵を見たことによる蘇軾の連想が詠まれています。蔞蒿はしろよもぎですが、おひたしにして食するとフグの毒消しになるとされ、アシの芽のスープもフグの毒消しになると言われています。その蔞蒿と蘆芽を見た作者が「今はフグが長江を遡上する時節だ」と詠じているのです。なかなか思いつかない発想です。

私は北海道大学の農園で白蓬を目にすることができました。

アカネ科クチナシ属。本州の静岡県以西、四国、九州、沖縄、台湾、中国の暖帯から亜熱帯の山林下に生える常緑低木。高さ一～四メートル。葉は対生または三輪生じます。葉身は長楕円形で、長さ五～十一センチ、表面に光沢があります。花は初夏（六月～七月）、枝先に直径六～七センチの芳香のある花を付けます。花冠六裂で厚質。鑑賞用に庭木・公園樹とされます。和名の「口無し」は熟しても開裂しない果実に基づきます。また、宿存するくちばし状のがくをクチと呼び、細かい種子のある果実をナシに見立てたという説もあります。果実は染料や薬用に利用されます。漢名は梔子。漢名の小梔子はヒトエノコクチナシやヒトエノコクチナシのことですが、クチナシの変種です。

梔

クチナシ

山石（山石《さんせき》）

山石犖确行径微◎
黄昏到寺蝙蝠飛◎
升堂坐階新雨足
芭蕉葉大支子肥◎
僧言古壁仏画好
以火来照所見稀◎
舗床払席置羹飯
疏糲亦足飽我飢◎
夜深静臥百虫絶
静月出嶺光入扉◎

唐　韓愈《かんゆ》

山石《さんせき》犖确《らくかく》として行径《こうけい》微《かす》かに
黄昏《こうこん》寺《てら》に到《いた》れば蝙蝠《へんぷく》飛《と》ぶ
堂《どう》に升《のぼ》り階《かい》に坐《ざ》すれば新雨《しんう》足《た》り
芭蕉《ばしょう》葉《は》大《だい》にして支子《しし》肥《こ》えたり
僧《そう》は言《い》う古壁《こへき》の仏画《ぶつが》好《よ》しと
火《ひ》を以《もっ》て来《き》たり照《て》らせども見《み》る所《ところ》稀《まれ》なり
床《しょう》を舗《し》き席《せき》を払《はら》って羹飯《こうはん》を置《お》くに
疏糲《それい》も亦《ま》た我《わ》が飢《う》えを飽《あ》かすに足《た》るに
夜《よる》深《ふか》くして静《しず》かに臥《ふ》すれば百虫《ひゃくちゅう》絶《た》え
静月《せいげつ》嶺《みね》を出《い》でて光扉《ひかりとびら》に入《い》る

梔

クチナシ

天明独去無道路
出入高下窮煙霏◎
山紅澗碧粉爛漫
時見松櫪皆十囲◎
当流赤足踏澗石
水声激激風生衣◎
人生如此自可楽
豈必偈促為人鞿◎
嗟哉吾党二三子
安得至老不更帰◎

天明独《てんめいひと》り去《さ》るに道路《どうろ》無《な》く
出入高下《しゅつにゅうこうげ》して煙霏《えんぴ》を窮《きわ》む
山紅澗碧粉《さんこうかんぺきふん》として爛漫《らんまん》
時《とき》に見《み》る松櫪《しょうれき》の皆十囲《みなじゅうい》なるを
流《なが》れに当《あ》たり赤足《せきそく》にして澗石《かんせき》を踏《ふ》めば
水声激激《すいせいげきげき》として風衣《かぜころも》に生《しょう》ず
人生此《じんせいか》くのごとくんば自《みずか》ら楽《たの》しむべし
豈《あ》に必《かなら》ずしも偈促《きょくそく》して人《ひと》の為《ため》に鞿《きずな》されんや
嗟哉吾《ああわ》が党《とう》の二三子《にさんし》
安《いずく》んぞ老《お》いに至《いた》るまで更《さら》に帰《かえ》らざるを得《え》んや

（七言古詩・上平声五微の韻）

語釈

犖确　畳韻語。小石の多い
行径　小道
蝙蝠　こうもり
堂　本堂
新雨　降ったばかりの雨。新は「〜したばかり」の意
支子　クチナシの実
床　折りたたみ式椅子
羹飯　吸い物とご飯
疏糲　粗食
煙霏　立ち込める霧
粉　入りまじる
爛漫　盛んに光り輝く
松櫪　松と櫟《くぬぎ》
赤足　素足

通釈

石はゴロゴロ　小道かすかに
コウモリが飛ぶ　たそがれ時に　寺に着く
堂にあがり　きざはしに　座れば
降ったばかりの　雨たっぷりと
芭蕉の葉　大きく広がり　クチナシの実は　ふっくらと
坊さんが「古き壁の　仏画よし」と言う
灯火持ち　照らせども　よく見えず
腰かけ並べ　埃を払い　食事の支度
粗食でも　満ちたりる　空腹の　わたしには
夜更けて　静かに　横たわれば　虫の音も　絶え絶えに
清々しい月　嶺を出て　扉より　差し込んでくる
明け方に　一人寺を　去る時に　道は無く
立ち込める　朝もやの中　出入りしたり　上り下り

梔

クチナシ

偈促　びくびくする
鞿　束縛される
吾党二三子　わが仲間の諸君。二三子
　は諸君の意

紅《くれない》の　山の花　深緑の　谷川は　光り輝く
時には　十抱えの　松くぬぎ　見えてくる
谷川の　流れに出あい　裸足《はだし》で　石踏みしめる
水の音　激しく聞こえ　衣の中に　風生ず
人生が　楽しいのなら　自ら　楽しむべし
物事に　こだわりて　びくびくし　束縛されるこ
　とあろうか
ああ　わが仲間よ
老いに至るまで　再びこの地に　やって来よう

鑑賞

この古詩は貞元《ていげん》十七（八〇一）年、作者三十四歳の作品です。詩題の「山石」は書き出しの二字を取っています。こうした詩題の付け方は中国最古の詩集『詩経』の国風に見られます。

この詩は四解（四段）に分けることができます。第一解は初めの四句です。コウモリの飛ぶ夕暮れ時に寺に到着したことが詠じられています。第二解は五句から十句までで、寺の僧侶のもてなしと静かな夜更けの情景が描き出されています。

第三解は十一句から十六句までで、霧の立ち込める明け方、深山幽谷《しんざんゆうこく》の山中を歩き回って、自然を満喫したことを詠い、第四解は十七句から二十句までで、束縛から逃れ、自由な山中に帰ってきたいと結んでいます。

韓愈は何の束縛もない深山幽谷の自然の中に浸りたいという思いで詠っているのです。

虞美人草

ヒナゲシ

ケシ科ケシ属。麗春花とか、虞美人草ともいいます。園芸界ではポピーの名で親しまれています。和名のヒナゲシは可愛い姿からそう呼ばれているようです。ヨーロッパ原産で、江戸時代に渡来し、観賞用として栽培されている多年草です。

花は初夏。がく片二枚、外面に粗毛がはえ、緑色で白い縁どりがありますが、花時には落ちます。花弁は長さ三～四センチ。四枚のうち二枚は大きく、つぼみは下を向きます。ヨーロッパ東部原産のケシは栽培が禁止されています、種子は食用になりますし、若い苗は野菜ですが、未熟な実を傷つけ、乳液から阿片をとる罌粟《おうぞく》（けし）は法令で栽培が禁じられています。

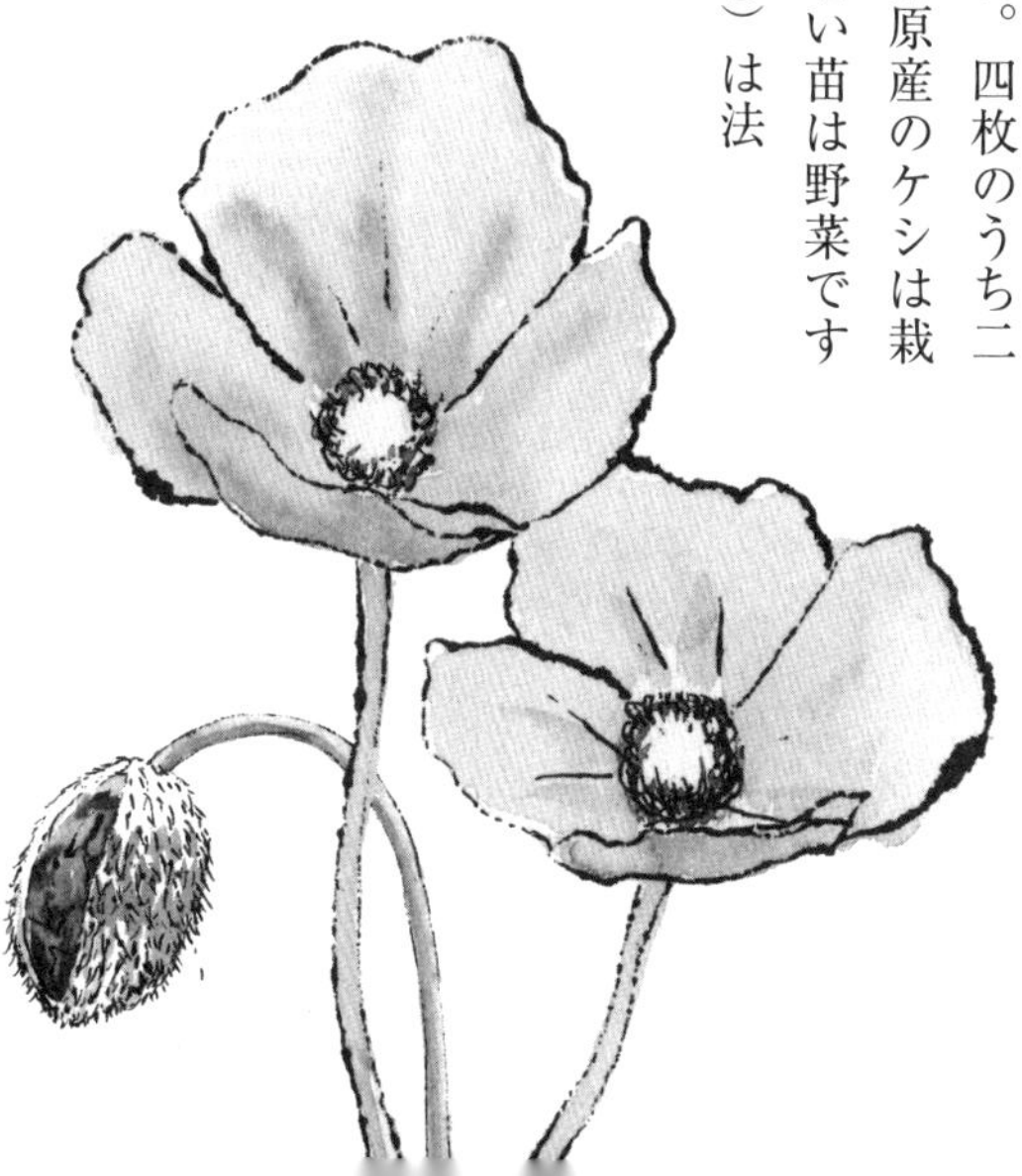

垓下歌（垓下《がいか》の歌《うた》）

漢　項羽《こうう》

力抜山兮気蓋世●
時不利兮騅不逝●
雖不逝兮可奈何▲
虞兮虞兮奈若何▲

力山《ちからやま》を抜《ぬ》き気《き》世《よ》を蓋《おお》う
時利《ときり》あらず騅《すい》逝《ゆ》かず
騅《すい》の逝《ゆ》かざる奈何《いかん》すべき
虞《ぐ》や虞《ぐ》や若《なんじ》を奈何《いかん》せん

（七言古詩・換韻）

虞美人草

ヒナゲシ

語釈

垓下　安徽《あんき》省霊璧《れいへき》県の東南にある劉邦と項羽の古戦場の一つ
抜山　強い力をいう
蓋世　意気高いこと
時　時勢
騅　項羽の愛馬の名
虞　虞美人、項羽の愛人
若　汝

通釈

力山をぬき　意気《いき》は世界を　蓋《おお》いつくす
時勢が悪く　騅《すい》行かず
騅が行かねば　どうしようもない
虞よ虞よ　おまえを　どうしようか

ます。

鑑賞

楚の項羽が漢の劉邦との対決に敗れ、垓下《がいか》に追いつめられた時に詠じたものといわれています。詩形は『楚辞』の影響を受けて「○○○兮○○○」の形で詠われています。

垓下は湿地帯ですので、項羽の陣は守りに入っていたのです。その陣を取り囲んでいたのが漢の劉邦。ここで『史記』の「項羽記」を書き下し文で紹介しましょう。

項王の軍、垓下に壁《へき》す。兵少なく食尽《つ》く。漢軍及び諸侯の兵、之を囲むこと数重《すうちょう》なり。夜漢軍の四面皆楚歌するを聞き、項王乃《すなわ》ち大いに驚きて曰《いわ》く「漢皆已《すで》に楚を得たるか。是れ何ぞ楚人《そひと》の多きや」と。

漢の劉邦軍が夜になって城壁の四方で自分の故郷の楚の歌をうたっているのを聞いて項羽は絶望したというのです。すでに多くの楚の国の人々が漢の軍門に下ったと思い込んだからです。これが有名な「四面楚歌」という四字熟語のいわれです。

虞美人草は項羽の寵姫、虞妃が死後この花に化したとの伝説から。

松

マツ

マツ科マツ属。マツは世界に十一属二百二十種あり、北半球では亜熱帯から極地にかけて七種類のマツ属が自生しています。

日本にはアカマツとクロマツ、それにリュウキュウマツがあります。海岸に多いのがクロマツでオマツ（男松）ともいい、常緑針葉樹で、樹高四十メートル、幹は直径二〜三メートル。本州・四国・九州・朝鮮半島南部に自生しています。

虹の松原（佐賀）、天の橋立（京都）、三保の松原（清水）、気比の松原（敦賀）、千本松原（沼津）、関の五本松（島根）等はクロマツです。それに対して、アカマツ（女松《メマツ》）は山地に多く、荒廃地にいち早く進入し、先駆樹ともいわれています。樹高三十メートル、マツタケはアカマツの下に生えます。

中国の花言葉は長寿・貞節・不変。

尋隠者不遇（隠者《いんじゃ》を尋《たず》ねて遇《あ》わず）　唐　賈島《かとう》

松下問童子
言師採薬去●
只在此山中
雲深不知処●

松下童子《しょうかどうじ》に問《と》えば
言《い》う師《し》は薬《くすり》を採《と》りに去《さ》ると
只《ただ》此《こ》の山中《さんちゅう》に在《あ》らん
雲《くも》深《ふか》くして処《ところ》を知《し》らず

（五言絶句・去声六御の韻）

語釈

童子　めしつかい
薬　薬草

通釈

松の根もとで　めしつかいに　たずねると
「わが師は　薬草摘みに　出かけた」と
「この山の中に　おられるはず」
「ただ　雲深く　行方は　知りませぬ」

松

マツ

「尋～不遇」という詩題で作る作品は中唐以降（七六七年以降）に流行したテーマです。

鑑賞

この詩には隠者のシンボルである松、不老長寿の薬草、やはり隠者のシンボルの（白）雲を用いています。隠者は俗人には窺いしれない気高さを有しています。孤高の隠者、神秘的な隠者、そういう隠者に賈島は憧憬を抱いているのでしょうか。

桜

サクラ

バラ科サクラ属。北半球の温帯および暖帯に分布しています。日本の花の代表でもあります。野生種の桜は日本国内に百種以上あり、園芸種にはその倍の二百種はあるようです。

ヤマザクラは山に自生している桜をいい、サトザクラは自然交雑した桜や品種改良した桜をいいます。

桜には薬用効果もあるようです。花の芳香成分には喘息を抑え、痰切りや咳止め、解熱作用・解毒作用・二日酔い止めの効果があり、葉には整腸作用・下痢止めの効果もあります。関山という種類の葉はサクラ湯に用い、オオシマザクラの葉は桜餅を包む食材に用います。

中国では桜と書くとユスラウメ（バラ科サクラ属）をさします。日本には江戸時代に渡来しました。梅桃とか山桜桃とも書きます。佐藤錦やナポレオンというサクランボはセイヨウミザクラです。

芳野（芳野《よしの》）

古陵松柏吼天飆◎
山寺尋春春寂寥◎
眉雪老僧時輟帚
落花深処説南朝◎

江戸　藤《ふじ》井《い》竹《ちく》外《がい》

古陵《こりょう》の松柏《しょうはく》天飆《てんぴょう》に吼《ほ》ゆ
山寺《さんじ》の春《はる》を尋《たず》ぬれば春《はる》は寂寥《せきりょう》
眉雪《びせつ》の老僧《ろうそう》時《とき》に帚《は》くを輟《や》め
落花《らっか》深《ふか》き処《ところ》南朝《なんちょう》を説《と》く

（七言絶句・下平声二蕭の韻）

桜

サクラ

語釈

芳野　奈良県にある山桜の名勝地
古陵　後醍醐天皇の御陵。延元陵
柏　針葉樹。コノテガシワ
天飆　つむじ風
山寺　如意輪寺を指す
南朝　一三三六年から一三九二年の七十二年間

通釈

古きミササギ　マツやハク　つむじ風受けうなってる
山寺に　春の風情を　たずねれば　物寂し
眉毛の白い　老僧が　掃《は》くのを止めて
花びら深い　ところにて　南朝の　昔語り

鑑賞

詩題の「芳野」（吉野）は山桜の名勝地として、京都の嵐山とともに有名ですが、今のような賑わいになったのは、室町時代以降のことといわれています。

起句で詠われている春の嵐は後半の二句のための導入部分です。春のつむじ風を受けて、二句目の桜の花びらが吹き飛ばされてしまい、「春は寂寥」になっています。

後半には眉が雪のように白い高齢の老僧が登場します。そして散ってしまった花びらを掃くことを止めてしまったというのです。掃くのを止めたことは散った花びらを楽しむことで、風情のある趣きを味わうことです。

結句は中唐の詩人元稹《げんじん》の五言絶句「行宮《あんぐう》」の影響を受けています。「行宮」では白髪頭の宮女が玄宗皇帝と楊貴妃との恋物語を語っていますが、竹外の場合は、後醍醐天皇の失意のさまを物語っているのです。高齢の僧侶の語りだけに、しみじみとした感慨が籠もっています。寂しいというようなことは詠われていません。四句とも風景が詠じられていることで、かえって感慨を深めているのかもしれません。

この詩は河野鉄兜《こうのてっとう》の「芳野」詩、それに梁川星巌《やながわせいがん》の「芳野懐古」詩とともに、「芳野三絶」と称されています。

羊躑躅《レンゲツツジ》

ツツジ科ツツジ属。中国が原産。ツツジは筒状《ツツジ》のハナの省略したもので、世界には八百五十種程あります。

レンゲツツジは北海道西南部、本州、四国、九州の水湿の十分な高原や野原に自生する、樹高一～二メートルの落葉低木です。枝は輪生状に分枝し、葉の長さは五～十センチで、光沢がありません。花は春から初夏。葉と同時に、直径五～六センチの花が咲き、黄・橙黄・紅花とその種類も豊富。有毒で、家畜は食べません。

ツツジの園芸種はサツキツツジ、キリシマツツジ、ウンゼンツツジ、オオムラサキ等があります。

絶句（絶句《ぜっく》）

唐
杜《と》甫《ほ》

江碧鳥逾白
山青花欲然◎
今春看又過
何日是帰年◎

江《こう》碧《みどり》にして鳥《とり》逾《いよ》いよ白《しろ》く
山《やま》青《あお》くして花《はな》然《も》えんと欲《ほっ》す
今春《こんしゅん》看《み》すみす又《また》過《す》ぐ
何《いず》れの日《ひ》か是《こ》れ帰年《きねん》ならん

（五言絶句・下平声一先の韻）

羊躑躅

レンゲツツジ

語釈

絶句　無題
江　浣花渓をさす
碧　深緑色
青　深緑の色
花　蜀の花は躑躅。レンゲツツジか
然　燃える。燃の本字
看　みるみるうちに

通釈

川は深緑　水鳥は　ますます白く
深緑の山　青々として　赤い花　燃えたつよう
この春も　みるみるうちに　また過ぎてゆく
いつになったら　故里に　帰れるのやら

二首の連作の第二首です。広徳二（七六四）年、成都（四川省）で春を迎えた杜甫五十三歳の作品です。

鑑賞

前半の二句は対句仕立てに構成されています。この十字の中には、碧をはじめ、白・青・赤（然）の色彩語が使われ、目にも鮮やかな春景色が詠われています。燃えるような赤い花は桃や李の花ではありません。唐代では花といえば、牡丹の花を指しますが、四川省を代表する花は杜鵑花《とけんか》です。杜鵑花はツツジの一種です。多分、燃えるような花を付けるレンゲツツジではないかと思います。レンゲツツジは羊躑躅と書きます。中国原産の毒のある羊躑躅は家畜は食べません。

前半二句が美しければ美しいほど、望郷の想いがいっそう募るのです。殊に、「看」字と「又」字には千鈞《せんきん》の重みがあります。杜甫の詠う望郷とは、どこを指しているのでしょうか。生まれ故郷の鞏県《きょう》（河南省鞏儀市）なのでしょうか。それとも長安の都なのでしょうか。それは役人生活を送って唐の王国を動かしてみたい心意気を有しているからです。また、唐代の故郷の意味には生まれ故郷と国都があります。ですから、長安での活躍を願っている杜甫は国都を目指しているのです。

木瓜

ボケ

バラ科ボケ属。原生地は中国の中部です。わが国には平安時代に渡来し、北海道、本州、四国等に分布しています。樹高一～二メートル。ギザギザのある葉は長楕円形をしています。樹皮は灰褐色で、表面にはツヤがあります。開花期は三～四月。花はふっくらと丸みのある形で、花の色は朱・赤・桃・薄橙・淡菫・白などがあり、庭木や盆栽として親しまれています。結実期は八～九月。実の色は緑色ですが、熟すると黄色になります。花言葉は「平凡」です。中国の花言葉は子授け、多産（果実）。

木瓜（木瓜《ぼっか》）

衛《えい》　無名氏《むめいし》

投我以木瓜◎
報之以瓊琚◎
匪報○也
永以為好○也
投我以木桃□
報之以瓊瑤□
匪報●也

我《われ》に投《とう》ずるに木瓜《ぼっか》を以《もっ》てす
之《これ》に報《ほう》ずるに瓊琚《けいきょ》を以《もっ》てす
報《ほう》ずるに匪《あら》ざるなり
永《なが》く以《もっ》て好《よし》みを為《な》さん
我《われ》に投《とう》ずるに木桃《もくとう》を以《もっ》てす
之《これ》に報《ほう》ずるに瓊瑤《けいよう》を以《もっ》てす
報《ほう》ずるに匪《あら》ざるなり

木瓜

ボケ

永以為好○也

投我以木李△

報之以瓊玖△

匪報●也

永以為好○也

永《なが》く以《もっ》て好《よし》みを為《な》さん

我《われ》に投《とう》ずるに木李《もくり》を以《もっ》てす

之《これ》に報《ほう》ずるに瓊玖《けいきゅう》を以《もっ》てす

報《ほう》ずるに匪《あら》ざるなり

永《なが》く以《もっ》て好《よし》みを為《な》さん

（五言古詩・換韻）

語釈

瓊琚　美しい玉《ぎょく》
　　瓊は赤玉で、玉の美なるもの。琚は佩《はい》玉《ぎょく》
木桃　こぼけ
瓊瑤　美しい玉。瑤は玉に次ぐもの
木李　カリン
瓊玖　美しい玉。玖は黒い玉

通釈

わたくしに　ボケの実投げてきた
お礼に　美しき玉で　応《こた》えよう
お礼ではないが
いつまでも　仲良く　したいから

わたくしに　コボケの実　投げてきた
お礼に　美しき玉で　応えよう
お礼ではないが
いつまでも　仲良く　したいから

わたくしに　カリンの実　投げてきた
お礼に　美しき玉で　応えよう
お礼ではないが
いつまでも　仲良く　したいから

木瓜

ボケ

鑑賞

三章の畳詠体です。かねて好意を抱いていた男性に果物を投げるというのです。果物を投げつけて求愛する行為は古代では行われていました。投げ込まれた男性はその行為を受ける場合は腰に帯びている玉を投げ返す。それで両者の関係が成立するのです。

これは『詩経』の国風の「衛風」の詩です。衛は今の河南省の黄河以北一帯です。『詩経』は紀元前十一世紀から紀元前八世紀にかけて、西周から東周にかけて歌われていた詩を紀元前五世紀の中頃にまとめた中国最古の漢詩集です。古くは『詩』といいました。また、前漢の毛享・毛萇が伝えたテキストが現存することから『毛詩』とも呼ばれています。『孔子世家』によれば、孔子が「当時伝えられていた三千編の中から三百五編を撰《えら》び、現在の形にまとめあげた」と言われています。また、『論語』の中に「詩三百」という言葉がありますから、当時すでに現在のテキストに近い形のものが現存したことは間違いないように思われます。

現存する三百五編は「国風」、それに「雅」と「頌」に分類されます。「風」は「国風」ともいい、黄河流域（河南省・山東省・山西省・陝西省など）を中心とする十五ヵ国の民謡です。また、「雅」は周王朝宮廷での楽章です。「頌」は周や諸侯の宗廟の祭りのときの楽章で舞踊も伴ったものです。

『詩経』の詩形は四言が基調で、毎章、同形式で類似語を繰り返す畳詠体が国風の詩において特に目立っています。さらに、表現の上からは「賦（直叙）」「比（明喩）」「興（暗喩）」に分類されます。

また、国風の召南にも『摽有梅』という梅の詩があります。この詩は梅を投げてもらう男性側からの詩といわれています。第一章だけ紹介しましょう。

　摽有梅《ひょうゆうばい》　　　　　　　（通釈）
摽有梅　有梅《ゆうばい》を摽《なげう》ち　梅を投げる
其実七兮　其《そ》の実七《みなな》つ　残るは七個
求我庶士　我《われ》を求《もと》むる庶士《しょし》　私を欲しい役人よ
迨其吉兮　其《そ》の吉《きつ》に迨《およ》べ　この好い日のうちに

梨

ナシ

バラ科ナシ属。ナシは北半球の温帯および暖帯に約二十種ほどあります。樹高十~十五メートルの落葉高木で小枝が刺状になることもあります。葉は互生で、葉の長さ六~十八センチ、縁はノコギリの歯のようです。花期は四~五月。五~十個の白い花が集まって咲きます。果実は九~十月に黄褐色に熟します。表面には皮目《ひもく》が多い。

私たちが食するナシはヤマナシの改良されたもので、二十世紀は明治十年頃に、長十郎は明治二十七、八年頃に植えられたようです。最近は幸水、新高、豊水などが市場に出回っています。本州、四国、九州、韓国、中国に分布するヤマナシは『日本書紀』には五穀のかわりに植栽されたとあり、中国からの伝来です。群馬以西、四国、中部に多いアオナシは別名イワテヤマナシ（ミチノクナシ）とも言われています。他に、セイヨウナシ、マメナシ、アズキナシ等があります。アズキナシは盛岡市開運橋付近で街路樹として植栽されています。

和孔密州五絶東欄梨花　（孔密州《こうみつしゅう》の五絶《ごぜつ》に和《わ》す東欄《とうらん》の梨花《りか》）

北宋　蘇軾《そしょく》

梨花淡白柳深青◎　梨花《りか》は淡白《たんぱく》にして柳《やなぎ》は深青《しんせい》なり
柳絮飛時花満城○　柳絮《りゅうじょ》の飛《と》ぶ時花《ときはな》は城《しろ》に満《み》つ
惆悵東欄一株雪　惆悵《ちゅうちょう》す東欄一株《とうらんいっしゅ》の雪《ゆき》
人生看得幾清明○　人生幾《じんせいいく》たびの清明《せいめい》をか看得《みえ》ん

（七言絶句・通韻）

梨

ナシ

語釈

和　唱和すること
孔　孔子の子孫、孔宗翰
密州　山東省諸城県
柳絮　柳のわた。柳の花ともいう
惆悵　がっくりとして嘆き悲しむ
東欄　庭の東側にある欄干
看得　見ることができる。得は動詞のあとについて、可能を表す
清明　清明節。春分から十五日後

通釈

梨の花　淡い白　柳の葉　深緑色
柳の綿が　飛ぶ頃は　街はすっかり　花に埋《うず》もれ
東欄に　白く咲く　梨の花　思い出し　嘆き悲しむ
一生のうち　このような　好《よ》き清明に　会うこと　できようか

鑑賞

蘇軾四十二歳の作品と言われています。密州知事の任期を終えて、徐州（江蘇省）の知事に着任した後、後任の孔宗翰の詩に唱和したものです。清明の頃（今の四月五日頃）に咲く梨の花に興を覚えて即興的に詠じたものでしょう。それは熙寧十（一〇七七）年のことでした。

前半の二句は晩春の景が詠われています。梨の花の淡い白と柳が深緑に覆われているというのです。白と緑との色鮮やかな対比は、画家の目線での描写であり、印象的です。第二句は柳の綿が飛ぶ晩春、落花に埋め尽くされた街並みをスケール大きく詠じています。

前半の二句には「花」と「柳」の詩語が繰り返し用いられています。この用法は即興的に作られた証拠です。

後半は密州の庭の東の欄干の傍らに雪のように真っ白に咲いているであろう梨の花を思い起こしながら、一転して無常観を詠じています。前半の二句が明るい雰囲気に包まれているだけに、後半の悲しみに包まれた詠いかたはよりいっそう効果的です。

海棠

ハナカイドウ

バラ科リンゴ属。中国中部原産。樹高五メートルばかりの落葉低木。樹皮は灰色、枝は帯紫色。小枝が変化したトゲがあります。葉は硬く滑らかです。若葉は紅色をおびます。花は直径三〜四センチ程で、半開し、柄は細く、垂れ下がります。実は直径六〜十ミリ。漢名は海棠。

海棠渓（海棠渓《かいどうけい》）

春教風景駐仙霞◎
水面魚身総帯花◎
人世不思霊卉異
競将紅纈染軽沙◎

唐　薛濤《せっとう》

春《はる》は風景《ふうけい》をして仙霞《せんか》を駐《とど》まらしめ
水面《すいめん》の魚身《ぎょしん》総《す》べて花《はな》を帯《お》ぶ
人世《じんせい》思《おも》わず霊卉《れいき》の異《い》を
競《きそ》って紅纈《こうけつ》を将《もっ》て軽沙《けいさ》を染《そ》む

（七言絶句・下平声六麻の韻）

海棠

ハナカイドウ

語釈

海棠渓　重慶市にある
仙霞　海棠のつくり出す花霞
帯花　魚体に海棠の花が映っていること
霊卉異　海棠の美しさをいう
紅纈　赤く染めたしぼり

通釈

春は　海棠の　花霞　とどめさせ
水面泳ぐ　魚身は　海棠の花　帯びている
世の人々は　海棠の花の　美しさ　わからない
砂の上　赤く染まった　しぼりあり　海棠と　あでくらべ

鑑賞

海棠渓では海棠が乱れ咲き、花霞をなしており、水面を泳ぐ魚には海棠の花が投影し、さながら海棠の花をまとっているようであると詠います。女性らしい繊細な詠いぶりです。

後半の二句は人工美の紅纈と海棠との艶競、自然美と人工美が溶けあっている情景が詠い込まれています。

荷

ハス

スイレン科ハス属。水生多年草で、熱帯や温帯アジアと南北アメリカ・オーストラリアの二種の分布がみられます。ハスの総称は荷《はす》・芙蕖《ふきょ》・芙蓉《ふよう》といい、茎は茄《か》、葉を葭《か》といい、花を菡萏《かんかん》、実を蓮《はす》、根を藕《ぐう》、地下茎の先端を蔤《みつ》、種子の中身を的《てき》、的の中の幼芽を薏《よく》といいます。なお、荷は花や葉が水面から出ている草の意味で、蓮は連珠のように連なっている実をつける草の意です。同じ植物で、名称が多いのは古くから人々と深い関わりがあったからでしょうか。それは食品として、あるいは薬品としての関わりでしょう。

地下茎は水底の土中を横走し、節には花芽と葉芽を形成します。葉は楕円形または円形で、直径五十センチ程になります。葉縁は波うち、表面はろう質で水をはじき、葉の中央から周辺に葉脈が走り、裏の中肋《ろく》には赤い斑点があります。葉柄は長く、丈夫で一・五メートル程になります。花は大形、がく片は四～六個、花弁は倒卵形で二十～二十五個、八重咲きのハスは百個以上あります。種子は花床の穴の中で生長し、成熟すると緑色から暗褐色になり、直径十五～二十ミリ、短径十一～十五ミリの球状または長楕円球状で、先端に小さな突起があります。

中国の花言葉は、和合、恋人。

游東田（東田《とうでん》に游《あそ》ぶ）

斉　謝朓《しゃちょう》

慼慼苦無悰
携手共行楽●
尋雲陟累榭
随山望菌閣●
遠樹曖仟仟
生煙紛漠漠●
魚戯新荷動
鳥散余花落●
不対芳春酒
還望青山郭●

慼慼《せきせき》として悰《たのし》み無《な》きを苦《くる》しむ
手《て》を携《たずさ》えて共《とも》に行楽《こうらく》す
雲《くも》を尋《たず》ねて累榭《るいしゃ》に陟《のぼ》り
山《やま》に随《したが》って菌閣《きんかく》を望《のぞ》む
遠樹曖《えんじゅあい》として仟仟《せんせん》
生煙紛《せいえんふん》として漠漠《ばくばく》
魚戯《うおたわむ》れて新荷《しんか》動《うご》き
鳥散《とりさん》じて余花《よか》落《お》つ
対《たい》せず芳春《ほうしゅん》の酒《さけ》に
還《かえ》って望《のぞ》む青山《せいざん》の郭《かく》

（五言古詩・入声十薬の韻）

荷

ハス

語釈

東田　南京の鍾山（紫金山）の東麓にあった地名。謝眺の別荘があったところ

慼慼　うれえる

悰　たのしむ

行楽　たのしむ

累榭　重なるうてな

菌閣　美しい御殿

曖　ほのかにかすんでいるさま

仟仟　盛んに茂るさま

紛　まぎれる

漠漠　うす暗いさま

新　〜したばかり

郭　城壁で囲まれた町

通釈

憂い深く　心　楽しまぬまま
君と　連れだって　東田の　山野に遊ぶ
雲求め　幾重にも　重なる榭《うてな》に　のぼり
山路をたどり　美しき　楼閣《たかどの》を　眺めやる
遠くの木々は　ほのかにかすみ　生い茂り
湧き立つ靄《もや》は　入り紛《みだ》れ　うす暗く
池の魚が　戯れ泳ぎ　芽生えたばかりの　はちすの葉　揺れ動く
鳥飛びたちて　名残りの花は　散り落ちる
芳《かぐ》わしき　春の酒　さしおいて
青き山の　城郭《まち》を　眺めやる

鑑賞

導入の二句は、三句目以降の対句を導き出すための聯句《れんく》です。三句目の「雲を尋ぬ」とは白雲郷、つまり、仙郷を意味するはずです。東田を「累榭」「菌閣」という詩語を用いて幻想的に美しく描写しています。

五・六句の対句は東田からの眺めです。

七・八句の対句が有名です。晩春の景を見事に詠じています。芽生えたばかりのはちすの葉は水面に浮かび、その下を泳ぐ魚の動きで葉がユラユラと揺れ動き、そこで初めて、魚の存在を知るのです。鳥が飛び立つとき、名残りの花がハラハラと散る。枝にわずかに残る花の描写は見事です。詩仙李白は見事な対句で詠うそんな謝眺を尊敬しています。

九・十句の対句は結びです。冒頭には「手を携えて共に行楽す」とあるように、友との行楽のように詠い出しておきながら、詩中には友人の存在を詠じることなく、結んでいます。

薔薇

バラ

バラ科バラ属。昔はヒイラギ、アザミ、ノイバラなどの総称をバラと呼んでいました。日本の野生種は、富士・箱根にサンショウバラが多くみられ、シーボルトが絶賛したといわれています。樹高は一〜六メートル。幹の直径十センチ程です。その他の野生種には、ハマナシ、ノイバラ、タカネバラ等があります。薔薇《しょうび》ともいいます。別名に棘牡丹とか、茨牡丹ともいいます。中国の花言葉は貞節、永遠の栄え。

山亭夏日（山亭《さんてい》夏日《かじつ》）

緑樹陰濃夏日長◎
楼台倒影入池塘◎
水精簾動微風起
一架薔薇満院香◎

唐　高駢《こうべん》

緑樹《りょくじゅ》陰《かげ》濃《こま》やかにして夏日《かじつ》長《なが》し
楼台《ろうだい》影《かげ》を倒《さかしま》にして池塘《ちとう》に入《い》る
水精《すいしょう》の簾《れん》動《うご》いて微風《びふう》起《お》こり
一架《いっか》の薔薇《しょうび》満院《まんいん》香《かんば》し

（七言絶句・下平声七陽の韻）

薔薇

バラ

語釈

山亭　山の別荘
楼台　二階建て以上の高殿
地塘　大きな池
水精　水晶
架　棚
院　中庭

通釈

木々の葉は　色濃い日陰　作り出し　夏の日長く
高殿は　池の水面《みなも》に　さかさまに　影映す
水晶の　かざりのついた簾《すだれ》　そよ風に　動く
棚のバラ　香りが庭に　満ちわたる

鑑賞

強烈な夏の日差しの中に、緑陰や水面に映る楼閣を詠じて涼しさを描きだしています。

後半の二句に「微風」を詠い、この絶句の中心的役割を表現しています。簾のかすかな動きを視覚でとらえているのです。そよ風に乗って、薔薇の甘い香りが庭中に満ち渡っていきます。その香りが夏の暑苦しさから解放してくれるのです。清涼感の漂う爽やかな絶句です。

なお、「かげ」と読む漢字が二つ用いられていますが、「陰」は日の当たらないことを意味し、「影」は水面に映るカゲで虚像の意味になります。

牡丹

ボタン

ボタン科ボタン属。別名をハッカグサ、フカミグサ、ナトリグサともいいます。中国原産。落葉低木で、高さ五十~百八十センチ。日本には奈良朝に渡来。観賞用として植栽されています。花は晩春。若枝の端に一個ずつつけ、花径二十センチ程で、紫・紅・淡紅・白それに緑の色彩があり、花弁は八枚が多く、がく片は五枚。根皮は薬用になります。

冬に咲く牡丹の花が上野寛永寺（東京）にあります。

中国の花言葉は富貴。

賞牡丹（牡丹《ぼたん》を賞《しょう》す）

庭前芍薬妖無格
池上芙蕖浄少情◎
唯有牡丹真国色
花開時節動京城◎

唐　劉禹錫《りゅううしゃく》

庭前《ていぜん》の芍薬《しゃくやく》妖《よう》として格《かく》無《な》し
池上《ちじょう》の芙蕖《ふきょ》浄《きよ》くして情少《じょうすく》なし
唯《た》だ牡丹《ぼたん》のみ真《しん》の国色《こくしょく》有《あ》り
花開《はなひら》くの時京城《ときけいじょう》を動《ゆる》がす

（七言絶句・下平声八庚の韻）

牡丹

ボタン

語釈

芍薬　草牡丹
妖　妖艶《ようえん》
格　品格
芙蕖　蓮のこと
国色　国一番の美人
京城　国都

通釈

庭に咲く　芍薬　妖艶《ようえん》で　品がない
池に咲く　ハチスの花は　清らかで　色気《いろけ》なく
牡丹のみ　国一番の　美人かな
花開く時は　国中を　騒がせる

鑑賞

唐代には牡丹の花が観賞用の植物として楽しまれていました。殊に、作者の生きた中唐（七六七〜八二六）の頃には貴族の間で異常なまでに流行し、牡丹の花の価が中流階級の十軒分の税金と同じだったといいます。作者の友人の白居易が「一叢《いっそう》の深色《しんしょく》の花　十《じっ》戸《こ》の中人《ちゅうじん》の賦《ふ》」（花を買う）と古詩で詠んでいますが、それでも人々は買い求めたということです。こうした牡丹狂の人々が多くいたことが背景となって「牡丹を賞す」という作品を作らせたのでしょう。

「妖として格無し」という芍薬、「浄くして情少なし」という蓮の花。ただ牡丹の花だけは「真の国色有」って、国都長安を騒がせていると品評しています。作者の劉禹錫は大の牡丹好きであったらしく、「美人の牡丹にふられないかと心配だ」（酒を飲み牡丹を看る）という詩も残している程です。

石榴

ザクロ

ザクロ科ザクロ属。落葉低木、または小高木です。原産地はペルシャ（イラク、イラン、アフガニスタン一帯）で、六月頃に白・黄もありますが、多くは直径六センチの赤い花を付けます。

中国へは紀元前二世紀頃、前漢の武帝の命を受けて西域に赴いた張騫《ちょうけん》が葡萄《ぶどう》・胡桃《くるみ》とともに持ち帰ったものと言われています。紀元前三世紀から紀元前三世紀半ばにかけて、カスピ海の南岸にペルシャ系のパルチア王国（安息国・安石国）が栄えていました。石榴はこの安石国からもたらされた榴《ざくろ》という意味です。安石榴の省略したのが石榴です。なお、パルチア王国の西側にザクロの産地で名高いザクロスがあり、その音訳という説もあります。

石榴の子房の中に詰まっている種を「子孫繁栄」「多子」と見立てて、「旺盛な繁殖力」という意味の吉祥文字になります。乾燥した果皮は咳止めなどの漢方薬の原料とです。

夏意《かい》

北宋　蘇《そ》舜欽《しゅんきん》

別院深深夏簟清◎
石榴開遍透簾明◎
樹陰満地日当午
夢覚流鶯時一声◎

別院《べついん》深深《しんしん》として夏簟《かてん》清《きよ》く
石榴《せきりゅう》開《ひら》くこと遍《あまね》く簾《すだれ》を透《とお》して明《あき》らかなり
樹陰《じゅいん》地《ち》に満《み》ちて日《ひ》午《ご》に当《あ》たり
夢《ゆめ》覚《さ》めて流鶯《りゅうおう》時《とき》に一声《いっせい》

（七言絶句・下平声八庚の韻）

語釈

夏意　夏のけだるい気分
別院　離れ
簟　竹で編んだ敷物。たかむしろ
流鶯　枝に飛び移るコウライウグイス

通釈

離れの座敷　ひっそりと　たかむしろ　涼しげに
咲き誇る　ザクロの花は　簾越しにも　燃えるよな赤
木陰濃く　大地に溢れ　太陽は　真昼時
目覚めた時に　ウグイスが　ホーホケキョ

石榴

ザクロ

鑑賞

夏の真昼時、昼寝から覚めた時のけだるい気分を詠じた作品です。

前半の二句は別院の様子が写生されています。木立に囲まれた別院は濃い木陰に包まれてひっそりと静まり返り、離れの座敷の中からは簾越しに深紅の石榴の花が鮮やかに眺められるというのです。対照的な詩語の「深深」と「明」を用いて、また、簟《たかむしろ》を涼しげに取り上げ、石榴の花を鮮やかに詠じて、読者に印象深く訴えています。

後半の二句は夏の太陽がギラギラと輝き、その強い光を受けて、木陰が色濃く大地に陰を落としています。そんな時に昼寝から目覚めるとけだるい気分になるものですが、高麗鶯《こうらいうぐいす》の鳴き声に涼味を感じ取り、爽やかに絶句が結ばれています。

ハナアオイ科タチアオイ属。地中海沿岸地方が原産ですが、中国を原産とする説もあります。花を観賞するために栽培されています。茎は直立し、毛があります。花は初夏に咲き、下から上の方にだんだんと咲きます。花の色には紅色・濃紅色・淡紅色・白色・紫色があります。

葵

タチアオイ

客中初夏　（客《かく》中《ちゅう》初《しょ》夏《か》）

四月清和雨乍晴◎
南山当戸転分明◎
更無柳絮因風起
惟有葵花向日傾◎

北宋　司馬光《しばこう》

四月《しがつ》清和《せいわ》雨《あめ》乍《たちま》ち晴《は》る
南山《なんざん》戸《こ》に当《あ》たりて転《うた》た分明《ぶんめい》
更《さら》に柳絮《りゅうじょ》の風《かぜ》に因《よ》りて起《お》こる無《な》く
惟《た》だ葵花《きか》の日《ひ》に向《む》かって傾《かたむ》く有《あ》り

（七言絶句・下平声八庚の韻）

語釈

清和　天候がさわやか

柳絮　柳のわた。晩春の風物詩

葵

タチアオイ

通釈

初夏四月　雨あがり　さわやかに　晴れ渡る
南の山が　間近に見えて　いよいよ　くっきりと
柳のわたが　風に飛ぶこと　なくなりて
タチアオイ　夕日に向かい　傾いている

鑑賞

司馬光が官界を引退し、洛陽の南の「独楽園」で十五年間、悠々自適の生活を送りながら作詩したのがこの絶句です。隠居生活を送った独楽園で、編年体で編集された『資治通鑑《しじつがん》』二百九十四巻の執筆に取り組んでいました。独楽園での生活では、ひたすら著述に励み、時事を論ずることはなかったといわれています。

この作品は初夏の清々しいさまが詠まれています。第四句に「葵花」とあり、これまでは多くは「ひまわり」と訳されてきましたが、作者の生きた北宋の時代には「ひまわり」はありませんでした。ひまわりが中国に入ったのは明代以降です。ですから、葵花は立葵ということになります。

葭

ヨシ

イネ科の多年草。別名アシ。ハマオギともいいます。漢字で蘆（穂の出る前のアシ）・葭（アシの若いもの）・葦（成熟したアシ）と書きます。地下に根茎を縦横に長く出し、茎は直立して、高さ一～三メートル、円柱形で、多くの節があります。葉は茎の節につき、幅の狭い披針形で、灰白色をおび、先がとがり、上部は垂れています。穂を茎の頂きに四十センチ程にのばしています。ヨシ原は日本各地に見ることができます。関東では渡良瀬《わたらせ》遊水地（栃木県・茨城県）が有名です。

ヨシ類の茎は葭簀《よしず》や簾《すだれ》にするほか、屋根や壁に使われます。若芽は蘆筍《ろしゅん》といい、食用になります。また、スープはフグの毒消しになります。

茎はパルプの原材料や良質の紙になり、楽器の笙簧《しょうこう》、ひちりきに用いられます。蘆根は健胃、利尿、消炎剤になります。

フランスの思想家パスカルは「人間は考えるアシである」という名言を残しています。

江村即時　（江村即時《こうそんそくじ》）

罷釣帰来不繫船◎
江村月落正堪眠◎
縦然一夜風吹去
只在蘆花浅水辺◎

唐　司空曙《しくうしょ》

釣《つ》りを罷《や》め帰《かえ》り来《き》たって船《ふね》を繫《つな》がず
江村《こうそん》月《つき》落《お》ちて正《まさ》に眠《ねむ》るに堪《た》えたり
縦然《たとい》一夜《いちや》風《かぜ》吹《ふ》き去《さ》るとも
只《た》だ蘆花《ろか》浅水《せんすい》の辺《へん》に在《あ》り

（七言絶句・下平声一先の韻）

語釈

江村　川べの村
即時　即興的に詠む
堪　～するとよい
縦然　たとえ～しても
一夜　今晩

通釈

釣りやめて　帰り来たって　船をつながず
川べの村に　月沈み　眠るには　好いときだ
たとえ風吹き　船流されても　こよいは
ヨシの花咲く　浅瀬あたりに　あるだろう

葭

ヨシ

鑑賞

釣りを楽しんだあと、船着き場に帰って来たのは夜も更けてからでした。たぶん深夜だったのでしょう。船もつながず、そのまま眠ってしまったのです。そのまま眠ってしまってもしかし、今夜はヨシの花咲く浅瀬あたりに漂っているだろうというのです。自然と一体になった、味わい深い詠い方です。

槐

エンジュ

マメ科クララ属。原産は中国。仏教が伝来した六世紀頃に渡来したようです。落葉高木で、樹高は十五〜二十メートル。花は枝先に複総状花序をつくり、夏から秋にかけて咲きます。花の長さは十二ミリ、豆果は二〜五センチ。肉厚で中は粘りがあります。花の色素にルチンが含まれているので、実（痔疾）とともに薬用（止血・高血圧）として利用されます。蕾は黄色の染料になります。和名のエンジュはエニスから転訛《てんか》（ことばがなまって変わる）したものといわれています。漢名は槐。

槐は中国では尊貴の樹木とされ、三公（太師・太傅《たいふ》・太保）の位を槐位あるいは槐庭、槐門、槐鼎《かいてい》、槐棘《かいきょく》ともいいます。なお、科挙の始まる旧暦七月を槐秋といいます。また、画題として好まれる樹木の一つで、六君子（松・柏・槐・楡・梓・梅檀《せんだん》）の一つです。ニセアカシア（ハリエンジュ）は針槐といい、別種。原産はアメリカ。なお、エンジュは延寿と書き、長寿を願う樹木でもあります。

暮立（暮立《ぼりつ》）

黄昏独立仏堂前◎
満地槐花満樹蟬◎
大抵四時心総苦
就中腸断是秋天◎

黄昏《こうこん》独《ひと》り立《た》つ仏堂《ぶつどう》の前《まえ》
満地《まんち》の槐花《かいか》満樹《まんじゅ》の蟬《せみ》
大抵《たいてい》四時《しいじ》心《こころ》総《すべ》て苦《くる》しけれど
就中《なかんずく》腸《はらわた》の断《た》たるるは是《こ》れ秋天《しゅうてん》

唐　白居易《はくきょい》

（七言絶句・下平声一先の韻）

槐

エンジュ

語釈

満地　大地一面

蟬　セミ。ここではヒグラシか

大抵　おおむね

四時　四季

就中　とりわけ

腸断　断腸と同じ

秋天　秋

通釈

たそがれ時　仏堂の前に　佇《たたず》みて

大地には　エンジュの花びら　満ちあふれ

木々には　ヒグラシがびっしりと　埋めつくす

四季それぞれに　苦しみを　心に抱き

とりわけ　悲しいのは　秋なのだ

鑑賞

詩題の「暮立」は元和《げんな》九（八一四）年の秋に作られたといわれています。母の死に遭って、下卦《かけい》（渭南市下吉）に戻って、喪に服していた時の作品です。

第一句は詩題の「暮立」を承《う》けて、「黄昏」と詠いだしています。第二句は句中対に仕立てられています。つまり、「満地槐花」と「満樹蟬」が対句になっています。槐と蟬の詩語で秋であることが分かります。大地は落ちたエンジュの花びらで敷きつめられており、木という木にはヒグラシで埋めつくされ、哀しげに鳴いているというのです。喪に服している作者の気持ちを表白しており、それに、秋の物哀しい情景にはぴったりです。

後半の二句は腸が断ち切れるほど悲しい秋と詠じています。物哀しい秋を「悲秋」というように、悲しみを詠うのは秋なのです。そんな物哀しい秋に、母の喪に服しているのですからより一層悲しみが募ります。作者の悲愁は例年の秋とは違っていたのです。なお、後半の二句は『和漢朗詠集』巻上、秋・秋興に引用されています。

クワ科クワ属。落葉高木。日本をはじめ、アジア大陸の東部から西南部にかけて自生しています。葉は蚕の飼料、樹皮は製紙の原料に用い、材は家具に利用しています。クワは（風の媒介で受粉する）風媒花で、発芽してから二週間ほどで開花します。数十個の小花が一本の花軸上に集合し、花穂を形作っています。果実にはポリフェノールが多量に含まれ、抗酸化活性があります。ビタミンCを含む桑の種類は山梨県原産の一ノ瀬、イタリア原産のカタネオ、それに果実が大きな大唐桑があります。大唐桑は中国南部が原産。また、白い桑の実は血液を浄化するらしく、ウズベキスタンではよく食されるそうです。結城（茨城県）ではジャムが販売されています。

桑

クワ

城傍曲（城傍《じょうぼう》の曲《きょく》）

秋風鳴桑条◎
草白狐兎驕◎
邯鄲飲来酒未消◎
城北原平掣皀鵰◎
射殺空営両騰虎
廻身却月佩弓鞘○

唐　王昌齢《おうしょうれい》

秋風《しゅうふう》桑条《そうじょう》に鳴《な》り
草白《くさしろ》くして狐兎《こと》驕《おご》れり
邯鄲《かんたん》飲《の》み来《き》たりて酒《さけ》未《いま》だ消《さ》めず
城北《じょうほく》原《げん》平《たい》らかにして皀鵰《そうちょう》を掣《せい》す
射殺《しゃさつ》す空営《くうえい》の両騰虎《りょうとうこ》
身《み》を廻《めぐ》らせば却月《きゃくげつ》弓鞘《きゅうしょう》を佩《お》ぶ

（七言古詩・通韻）

桑 クワ

語釈

城傍　町のそば
桑条　桑の枝
驕　さかんにほしいままにする
邯鄲　河北省邯鄲市。戦国時代の趙の国都
掣　手でとらえる
皀鵰　黒いクマタカ
空営　人のいない陣地
騰　おどりかかる
却月　三日月
弓䘖　弓の端。ゆはず

通釈

秋風が　桑の枝　音たてる
草白く枯れ　キツネやウサギ　飛びまわる
邯鄲《かんたん》の酒　まださめず
町の北　原野が続く　平らかに　黒いクマタカ
　手でつかみ
人気《ひとけ》ない　陣地では　おどりかかる　二頭の虎を
　うち殺す
振りかえり　見あげれば　三日月が　ゆはずに
懸《かか》ってる

鑑賞

町の北郊に連なる原野で狩猟をする若者を詠んだ古詩です。

初めの二句は町のそばに広がる原野の秋景色です。

後半の四句は初めの二句の勇壮なさまを承《う》けて詠じられています。戦国時代、趙の国都には遊俠な若者が多く、そうした若者の狩猟のさまが詠われています。

六句目「身を廻らせば却月弓鞘を佩ぶ」は天空に輝く三日月に弓のはし（ゆはず）が懸っているように見える情景を描写したものです。若者たちの勇壮なさまが生き生きと詠われています。

なお、南宋の劉克荘《りゅうこくそう》（一一八七～一二六九）に「戊辰即時（戊辰即時《ぼしんそくじ》）」詩がありますが、その後半の二句に「従此西湖休挿柳　剰栽桑樹養呉蚕＝此《これ》より西湖《せいこ》に柳を挿《さ》すを休《や》め　桑樹《そうじゅ》を剰《おお》く栽《う》え呉蚕《ごさん》を養《やしな》え」と桑を詠じています。また、「白頭を悲しむ翁《おきな》に代《かわ》る」（七言古詩）に劉希夷《りゅうきい》（六五一～六七九？）は「已見松柏摧為薪　更聞桑田変成海＝已《すで》に見《み》る松柏《しょうはく》摧《くだ》かれて薪《たきぎ》と為《な》るを更《さら》に聞《き》く桑田変《そうでんへん》じて海《うみ》と成《な》るを」と詠まれています。

荔枝

レイシ

ムクロジ科レイシ属。中国嶺南（広東省）・閩中《びんちゅう》（福建省）・蜀（四川省）が原産地です。台湾、タイ、ベトナム、オーストラリアの北部、アメリカのフロリダやハワイ、わが国の沖縄や鹿児島、それに宮崎でも栽培されています。また、中国北部のオルドス地方でも栽培されています。荔枝は老木になっても実をつけるので「夫婦や男女の円満な仲」「子孫の誕生」というシンボルになっています。別名を妃子笑《きししょう》といいます。花言葉は円満。荔枝は常緑小高木で葉は偶数羽状複葉小葉、花は黄緑色。開花は二〜四月。実は夏に熟し、ウロコ状の赤い果皮。果皮の下には白色半透明の果肉。多汁。果実の女王と呼ばれています。

食茘支（茘支《れいし》を食《しょく》す）

羅浮山下四時春◎
盧橘楊梅次第新◎
日啗茘支三百顆
不辞長作嶺南人◎

北宋　蘇軾《そしょく》

羅浮山下《らふさんか》四時《しいじ》の春《はる》
盧橘楊梅《ろきつようばい》次第《しだい》に新《あら》たなり
日《ひ》に啗《く》らう茘支《れいし》の三百顆《さんびゃくか》
辞《じ》せず長《とこし》えに嶺南《れいなん》の人《ひと》と作《な》るを

（七言絶句・上平声十一真の韻）

茘枝

レイシ

語釈

茘支　茘枝。茘子
羅浮山　恵州（広東省）の北にある山
四時　年中
盧橘　枇杷と金柑
楊梅　やまもも

通釈

羅浮の山麓　年中　春のごと
枇杷や金柑　やまももが　順々と　新しき実に
一日に食らう　茘枝三百個
永久に　嶺南の人に　なろうかな

作者の蘇東披が嶺南地方に流されたときの作品です。よほど美味だったのでしょうか。茘枝のためならば、嶺南の人となって住みついてもよいと詠っています。

鑑賞

蘇東披の出身地の眉山県（四川省）にも茘枝の古木がありますし、楊貴妃のたしなんだ茘枝は涪《ふ》州（重慶市）産でした。唐代には「涪州の貢ぎ物」と定められていました。涪州から五百キロ以上も離れた長安まで、茘枝の木は根をつけたまま船に積み込み、長江をくだり、漢水を遡ったという説があり、途中から早馬で、昼夜兼行で馬を交換して運ばせたというのです。杜牧の「華清宮を過ぐ」という七言絶句の後半には「一騎《いっき》の紅塵《こうじん》妃《ひ》子《し》笑《わら》い　人《ひと》の是《こ》れ茘枝《れいし》の来《き》たるを知《し》る無《な》し」とあります。茘枝好きの楊貴妃の一面が詠われています。

菱

ヒシ

ヒシ科ヒシ属。北海道、本州、四国、九州、台湾、朝鮮半島、中国の温帯から亜熱帯の池や沼に生える一年草の水草です。

葉は直径六センチ程で、表面に光沢があり、裏面の脈上には毛があります。花は夏から秋。核果のトゲは二本。実はクリのようです。和名の緊《ヒシ》は実の鋭いトゲによります。菱形はヒシの葉および果実に由来するといいます。

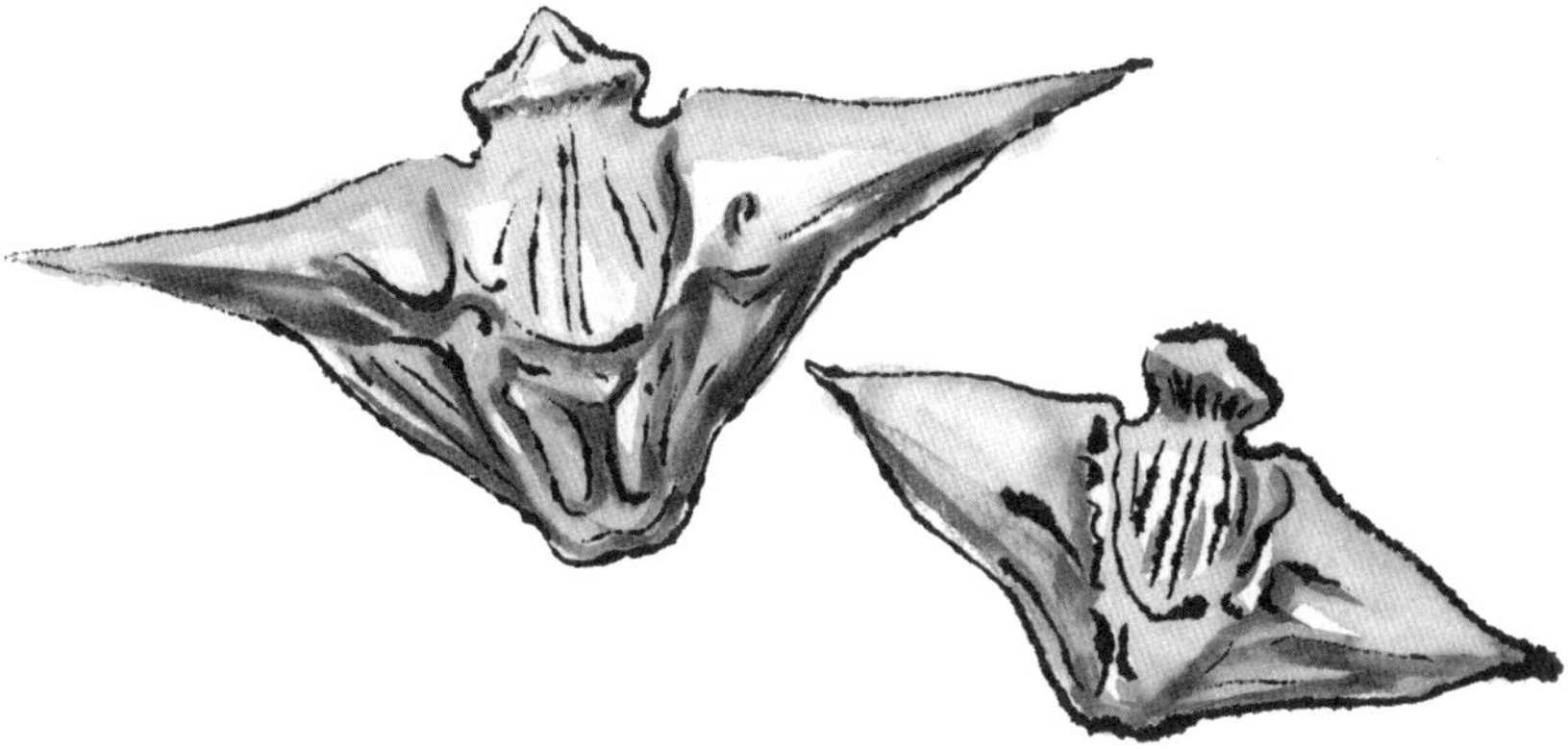

蘇台覧古（蘇台覧古《そだいらんこ》）

唐　李白《りはく》

旧苑荒台楊柳新◎
菱歌清唱不勝春◎
只今惟有西江月
曾照呉王宮裏人◎

旧苑荒台《きゅうえんこうだい》楊柳《ようりゅう》新《あら》たなり
菱歌《りょうか》清唱《せいしょう》春《はる》に勝《た》えず
只今《ただいま》惟《た》だ西江《せいこう》の月《つき》のみ有《あ》って
曾《かつ》て照《て》らす呉王宮裏《ごおうきゅうり》の人《ひと》

（七言絶句・上平声十一真の韻）

菱

ヒシ

語釈

蘇台　姑蘇台《こそだい》の略。蘇州の西郊十五キロに位置する霊岩山（海抜百八十二メートル）にある
覧古　古跡をたずねて思いを詠う
菱歌　ヒシの実をとりながら歌う民歌
不勝春　春の深い感慨にたえられない
西江　太湖に流れ込む川
呉王　呉王夫差《ふさ》
宮裏人　美人西施

通釈

古い庭　荒れはてる　高殿に　ヤナギが芽吹く
清らかな　ヒシ採りの　歌声は　春の感傷に　たえられぬ
昔のままに　変わらぬものは　西江《せいこう》の　川面にうつる　月の影
この月影が　呉の宮殿の　美人西施《せいし》を　照らしていた

鑑賞

李白四十二歳のころの作品です。姑蘇台の荒れはてている様子が詠われています。この作品は「越中覧古」と組作品と見られています。詩の構成を見ると、「蘇台覧古」は前三句で、現在の荒れはてている様子を詠っていますが、「越中覧古」の前三句では越王句践の全盛と錦の衣服を着た義士と花のような女性が宮殿に満ちあふれていると詠われています。構成がまったく反対です。ですから、組作品と見るべきかもしれません。越中（越の国都会稽）も姑蘇台も無常を詠ずる古跡です。

第一句の「旧苑荒台楊柳新」の用字法は見事です。第二句では、菱の実とりのときに歌う清らかな歌声に感慨を催されるといいます。三句目は西江の川面に月が映っているのですが、その月影は今も昔のままであり、その月影が呉王夫差の築いた宮殿に住む美女西施を照らしていたと回想して結んでいます。この詩の後半二句は初唐の詩人衛万の「呉宮怨」（雑言古詩）の七・八句「祇今惟有西江月　曾照呉王宮裏人」を下敷きにしています。

銀杏

イチョウ

イチョウ科イチョウ属。現在一科一属一種の中国原産の落葉高木。雌雄異株で雌花には花びらがなく、雄花は長さ二センチ程の尾状花序です。葉の形が鴨の脚に似ている点から鴨脚《ヤチャオ》（宋音）が転じたものとも、また、留学僧がイーチャウと覚えてきたものが転じたものともいわれています。漢名は、実がなるには長い歳月を要するので、祖父が植えても、実は孫が食べるので、公孫樹といいます。

イチョウの全盛は約二億年前で、老木にはちち（乳）という気根があり、幹は直径五メートルにもなり、樹皮は灰色で厚く、縦の裂け目から黄色を帯びた木肌がのぞいています。葉は長枝は互生、短枝は群がり、形は扇形で幼木は中央に深い切れ込みがあり、成木は浅く、時には切れ込みがありません。

秋には種子が熟し、外種皮は黄色く、多肉で悪臭があります。内種子は硬く、白色で、そのまわりには二、三個の稜線があります。これを銀杏《ぎんなん》といい、食用にします。室町時代に渡来しました。

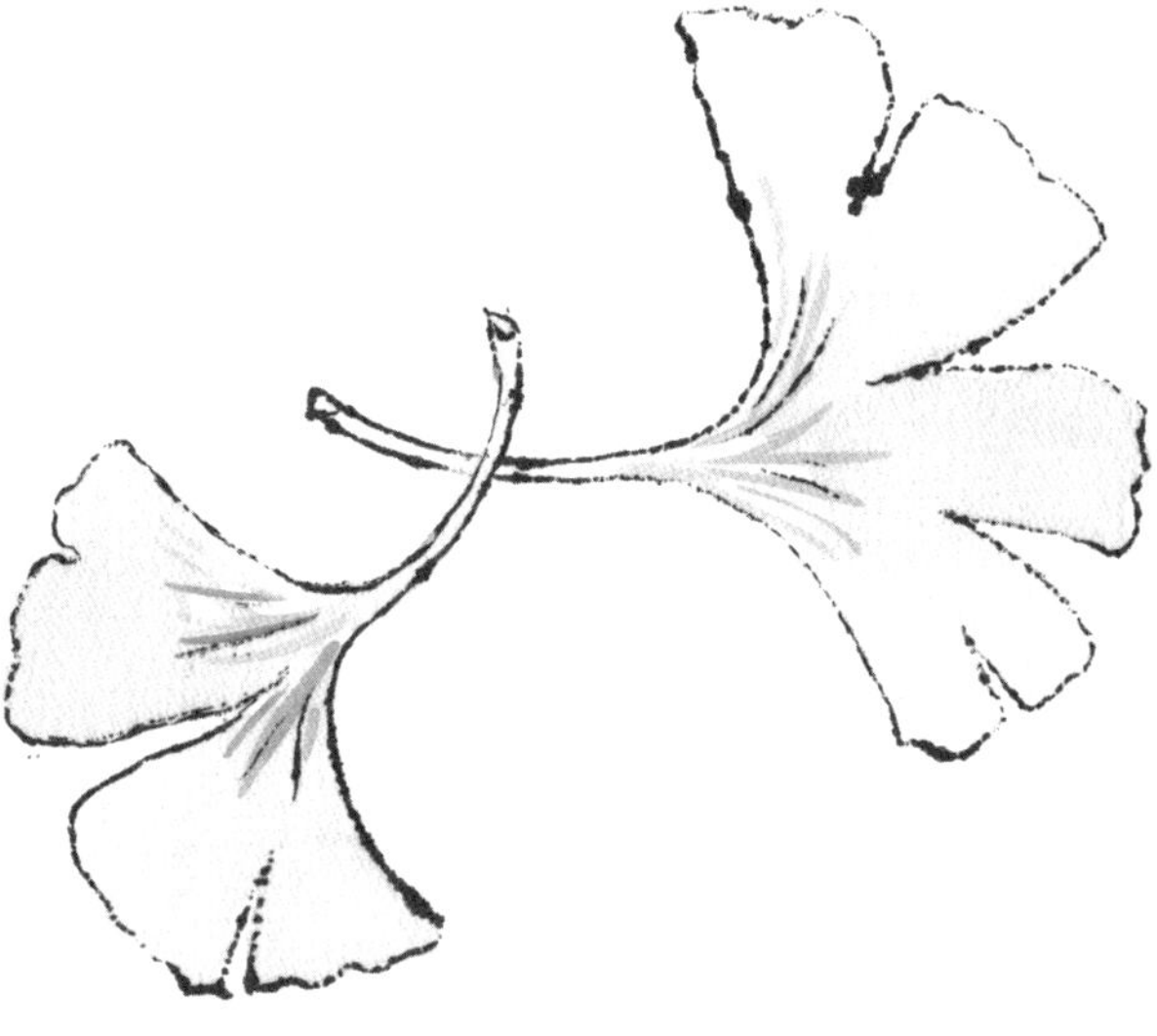

文杏館（文杏館《ぶんきょうかん》）

唐　王維《おうい》

文杏裁為梁
香茅結為宇●
不和棟裏雲
去作人間雨●

文杏《ぶんきょう》裁《た》ちて梁《りょう》と為《な》し
香茅《こうぼう》結《むす》んで宇《う》と為《な》す
知《し》らず棟裏《とうり》の雲《くも》
去《さ》って人間《じんかん》の雨《あめ》と作《な》るや

（五言絶句・上声七麌の韻）

語釈

文　綾模様
杏　アンズとか、カラモモという説もあるが、ここは銀杏（イチョウ）
梁　ウツバリ
茅　ススキ・チガヤ・スゲなどを指す
結　たばねる
棟裏雲　楚の宋玉の「朝雲暮雨」（高唐の賦）から

通釈

イチョウの　綾模様　裁ちきって　ウツバリ作る
芳《かんば》しい　ススキ束ねて　屋根に葺《ふ》く
棟木あたりに　湧き出た雲　流れ去り
俗世間に　降り注ぎ　雨となる

銀杏

イチョウ

鑑賞

詩題の文杏館は輞川《もうせん》の荘園では最も奥まったところにあります。輞川の入口にあたる輞口からは十五キロ上流にあり、文杏館遺址《いし》には王維お手植えと伝えられている三抱えほどある銀杏《いちょう》の古木があります。ここは、王維が母の死後、別荘を寺院に変えた鹿苑寺《ろくおんじ》跡でもあるのです。

前半の二句は対句仕立ての構成であり、視覚と嗅覚を通して、爽やかなイメージを抱かせています。木目の美しい銀杏のウツバリと香《かぐ》わしいススキの家は俗世間ではなく、仙界の雰囲気で描かれています。前半の二句は文杏館を幻想的に描写しています。

後半の二句に見られる「雲」と「雨」の詩語は「朝雲暮雨」が想起されます。「朝雲暮雨」とは楚の懐王と巫山《ふざん》の神女が情を結び、「私は朝には雲に、夕方には雨になってお目にかかります」という故事ですから艶っぽい雰囲気が漂っているのです。

梧桐

アオギリ

アオギリ科アオギリ属。中国南部が原産といわれ、奈良朝に渡来。落葉高木で、樹高十五メートル。樹皮は緑色で滑らか、葉は長い柄があって、枝先に集まって互生し、扁円形で長さ十五～三十センチ、幅は十五～二十七センチ。掌状に二～五浅裂し、基部は心臓形になっています。花は初夏、枝先に大きな円錐形の花序をつけ、雄花と雌花が混成した多数の小さな淡黄色の花をつけます。漢名は梧桐で、鳳凰が止まる木といわれています。

種子を梧桐子と呼び、室町時代（一三三八～一五七三）には菓子の代用としました。また、煎ってつぶし、咳止めや口内炎に、葉は止血や高血圧症に有効。「一葉落ちて天下の秋を知る」（『淮南子《えなんじ》』）の桐（ゴマノハグサ科）とは別種です。桐は一葉草ともいいます。

偶成（偶成《ぐうせい》）

少年易老学難学◎
一寸光陰不可軽◎
未覚池塘春草夢
階前梧葉已秋声◎

南宋　朱熹《しゅき》

少年《しょうねん》老《お》い易《やす》く学《がく》成《な》り難《がた》し
一寸《いっすん》の光陰《こういん》軽《かろ》んずべからず
未《いま》だ覚《さ》めず池塘《ちとう》春草《しゅんそう》の夢《ゆめ》
階前《かいぜん》の梧葉《ごよう》已《すで》に秋声《しゅうせい》

（七言絶句・下平声八庚の韻）

語釈

偶成　たまたまできた
少年　青年
一寸光陰　わずかな時間
秋声　アオギリが葉を落とす音

通釈

若い若いと　思っているうち　年をとり　学問は
　身につかぬ
わずかな時も　大切に
池の堤《つつみ》の　若草が　夢の中から　覚めぬうち
階段の前　アオギリが　葉を落とし　秋となる

梧桐

アオギリ

鑑賞

前半にある少年とは遊興に明け暮れる富豪の子弟たちをさします。その子弟たちにわずかな時間でも大切にせよと詠じています。

後半も教訓が詠まれています。三句目は山水詩人謝霊運《しゃれいうん》（三八五～四三三）の佳句「池塘春草を生ず」を踏まえています。四句目も「梧桐一葉落ち天下尽く秋を知る」という俚言《りげん》を踏まえています。朱熹は死ぬ三日前まで『大学』の注に手を加えていたようですが、身をもって学問を実践していた人のようです。

ただし、朱熹には千二百十三首の詩が残されていますが、この作品は朱熹の詩文集には収められておりません。

近年、この「偶成」詩は、日本の五山の僧侶の作品であるという説もありますが、鎌倉時代の五山の僧侶であるとしたら奈良朝（七一〇～七九四）に渡来したというアオギリを見ていたことになります。果たしてどうなのでしょうか。

漆

ウルシ

ウルシ科ウルシ属。潤汁《うるしる》・塗汁《ぬるしる》の略が和名のウルシの語源ではないかといわれています。漢名は漆樹。ウルシは七十属六百種もあります。雌雄異株または同株です。原産は中国およびインドで、日本には奈良朝に渡来しています。樹高は十メートルに達します。樹皮は灰色。葉は枝先に集まり、互生し、多くは奇数羽状複葉で、長さは十五センチ程です。幹などに傷をつけることによって白乳液を分泌させ、漆工芸品に用いられ、古くから栽培されてきました。また、果樹として栽培されたものにはマンゴーがあります。

ウルシの産地は日本では津軽地方や会津地方がよく知られています。なお、ハゼノキ（リュウキュウハゼ）、ヤマハゼ、ヤマウルシ、ツタウルシなどもウルシの仲間です。ただ、日本では薬用としての乾漆は生産されませんでした。

漆園（漆園《しつえん》）

唐　王維

古人非傲吏
自闕経世務
偶寄一微官
婆娑数株樹

古人《こじん》傲吏《ごうり》に非《あら》ず
自《みずか》ら経世《けいせい》の務《つと》めを闕《か》く
偶《たま》たま一微官《いちびかん》に寄《よ》せ
婆娑《ばさ》たり数株《すうしゅ》の樹《じゅ》

（五言絶句・去声七遇の韻）

漆

ウルシ

語釈

漆園　漆の樹木を栽培している林
古人　戦国時代の道家の思想家、荘周を指す
慠　傲の別体。気ままに楽しむ
吏　役人
経世　世を治める
婆娑　未練があって、立ち去りがたい

通釈

荘子は　気ままな　小役人《こやくにん》ではない
みずから　大臣職　避けただけ
たまたま　小役人に　就いているだけ
数株付けた漆のように　未練タラタラ　立ち去りがたい

鑑賞

この「漆園」詩は『輞川集《もうせんしゅう》』に収められています。中国では七千年前の新石器時代から漆工芸が盛んに作られてきました。中でも、秦漢時代には、黒・朱・黄・緑などの顔料も混ぜて、雷気紋・麒麟像・神仙像や幾何学的装飾紋などが描かれていました。その後、漆工芸は一時衰退しますが、隋唐宋の時代には再び盛んになりました。殊に、王維の生きた唐代は南海の貝を用いた螺鈿《らでん》工芸が盛んになり、貴族ばかりではなく、庶民階層にまで螺鈿工芸が浸透して、漆工芸品が高価になり禁止令も発令された程です。ですから、王維は輞川荘と名付けられた荘園にウルシを植えさせて、商っていたものと思われます。

第一句の傲吏は郭璞《かくはく》（二七六～三二四）の「遊仙詩」の「漆園に輞吏有《あ》り」からの影響です。この句は『史記』の「荘子は蒙人なり。名は周。周はかつて蒙の吏なり」（老荘申韓列伝）を踏まえています。蒙とは今の民権（河南省）とか蒙城（安徽省）と言われています。

第二句の「経世」も『史記』にある「荘周は楚の威王から宰相に招かれたが、笑いながら、速やかに去れ、私を汚すな」を拠り所にしています。

後半の二句は、荘子に対する王維自身の憧れが詠まれています。すっぱりと官僚生活から足を洗うことのできずにいる王維。それに対して、楚からの宰相職を断り、小役人で気ままに貧乏暮らしをしている荘子への憧憬が詠じられているのです。

蓼

タデ

タデ科タデ属。北半球が原産地で、三十属八百種もあり、日本の野生種だけでも六十一種、川沿いや湿地にあります。若い葉は食べられます。新芽は粘質物に包まれ、ジュンサイに似た口ざわりで、オカジュンサイとも呼ばれています。

広い披針《ひしん》形をした葉にはタデオナールやポリゴデオールといった辛味成分を含み、防腐性と抗酸性があり、古くから生魚にそえる香辛野菜として用いられてきました。一般的なタデのムラサキタデ（ベニタデ、アカタデ）は芽タデとして刺身や白身の魚のつまに、アオタデは赤身の魚のつまに、ササタデとして用いられます。アザブタデ（エドタデ）は茎や葉をササタデとして、ホソバタデ（サツマタデ）は辛味料にします。つまり、魚の生臭さを除く作用と解毒作用の効能があり、スズキの膾《なます》には蓼酢が用いられますが、鮎の塩焼きにも欠かせません。他にヤナギタデ、サクラタデ、ボントクタデ、イヌタデ等があります。

タデは奈良時代より香辛料として利用される一方、『万葉集』にも二首歌われています。

秋江（秋江《しゅうこう》）

蓼花半老野塘秋◎
水落空江澹不流◎
渡口漁家将夕照
一雙白鷺護虚舟◎

江戸　太田《おおた》錦城《きんじょう》

蓼花《りょうか》半《なか》ば老《お》ゆ野塘《やとう》の秋《あき》
水《みず》落《お》ちて空江《くうこう》澹《たん》として流《なが》れず
渡口《とこう》の漁家《ぎょか》将《まさ》に夕照《せきしょう》ならんとす
一雙《いっそう》の白鷺《はくろ》虚舟《きょしゅう》を護《まも》る

（七言絶句・下平声十一尤の韻）

蓼

タデ

語釈

蓼花　タデの花
半老　半分盛りをすぎる
空江　人気《ひとけ》のない川
澹　淀《よど》んでいること
渡口　渡し場
漁家　隠者の家
一雙　つがい
虚舟　人の乗っていない舟

通釈

タデの花　半ば盛り過ぎ　野外の堤《つつみ》　秋の気配《けはい》
水かさ落ちて　人気《ひとけ》ない川　淀んでる
渡し場の漁家《いえ》　折からの　夕陽あび
つがいのシラサギ　小舟　見守るように　留まってる

鑑賞

前半の二句は「静中の静」が詠われています。動きのあるものが何もありません。水嵩《みずかさ》を減らして流れる秋の川は淀んでいますし、半ば盛りを過ぎたタデが河原で寂しく咲いている情景です。

後半の二句は「静中の動」の描写です。前半と同じように、動きらしい動きはありません。次第に斜めに差し込んでくる夕暮れ時の太陽の光だけが静かに動いているのです。

秋の夕暮れ時、誰もいない渡し場の風景が詠じられています。「蓼花」と「夕陽」で赤をイメージさせ、「白鷺」とともに色彩の効果を意識させて、視覚に訴えた美しく印象的な絶句で、孤高の世界が描かれています。

なお、漁師や狩人などは詩の世界では隠者として見られています。

桂花《モクセイ》

モクセイ科モクセイ属。モクセイ属の仲間には橙黄色の花をつける丹桂（キンモクセイ）、白い花の銀桂（ギンモクセイ）等があります。モクセイ属はアメリカに二種、アジアに二十数種あります。ギンモクセイは中国原産の常緑小高木、高さ三メートル。中国ではモクセイ類の総称で、巌桂ともいいます。中国の伝説では高さ約千五百メートルの巨大なモクセイがあるとされます。十月の花ですが、旧暦八月を桂月といいます。

また、科挙に及第したことを「折桂《せっけい》」（ケイをオる）と言い、及第したことを謙遜して「桂林一枝」（桂林の一枝）と言います。花言葉は謙遜とか気高い人です。モクセイの開花期は九～十一月、熟果期は五月です。桂《モクセイ》は雌雄異株ですが、日本は雄株ばかりですので結実することはありません。なお、日本の漢字の「桂」はカツラという意味で使われます。

鳥鳴澗（鳥鳴澗《ちょうめいかん》）

唐　王維《おうい》

人間桂花落
夜静春山空◎
月出驚山鳥
時鳴春澗中◎

人《ひと》は間《かん》にして桂花《けいか》落《お》ち
夜《よる》は静《しずか》にして春山《しゅんざん》空《むな》し
月《つき》出《い》でて山鳥《さんちょう》驚《おどろ》き
時《とき》に鳴《な》く春澗《しゅんかん》の中《うち》に

（五言絶句・上平声一東の韻）

桂花

モクセイ

語釈

澗　谷川。「磵」とするテキストもある
間　しずか。のどかに
桂　テキストにより「佳」
空　ひっそりしている
時　時々

通釈

人はのどかに　モクセイの花　散り落ちる
夜は静かに　春の山は　ひっそりと
月昇り　山の鳥　驚き
時々は　春の谷川で　鳴いている

鑑賞

「鳥鳴澗《ちょうめいかん》」は「蓮花塢《れんかう》」「鸕鷀堰《ろじえん》」「上平田《じょうへいでん》」「萍池《へいち》」などの詩とともに、「皇甫岳雲谿雑題　五首＝皇甫岳の雲谿の雑題　五首」と題する連作に含まれており、その第一首です。皇甫岳は王維の知人らしいのですが、詳しいことはわかりません。その皇甫岳の持つ別荘の近くに「鳥鳴澗」という谷川があったようです。鳥鳴澗が固有名詞なのか普通名詞なのかもわかりません。

この詩は春の情景が詠じられていますが、秋に咲くはずのキンモクセイの花が春に咲いて散っていると詠われています。都留春雄注の「中国詩人選集6『王維』」（岩波書店・一九五八年）の語釈には「普通、もくせいは秋咲くが、春咲く種類のものもあるという（植物名実考）」という記述が見られますが、『原色世界植物大図鑑』（北隆館）や『原色日本植物図鑑』（保育社）には、モクセイの「開花期は九〜十一月」とあり、春咲きのモクセイの記述は見つけ出すことはできませんでした。ただ、モクセイの熟果期が五月とありますから、ともすれば「桂花落つ」とは熟した実が落ちたことが詠じられているのかもしれません。柳絮を「ヤナギの花」とか、「ヤナギの綿」と訳すようにです。

鳥鳴澗では、動きのあるのは散り落ちる桂花と昇り来る月だけですが、山鳥の鳴き声が静寂を破ります。山鳥の鳴き声を配することにより静寂さを一層強めているのです。

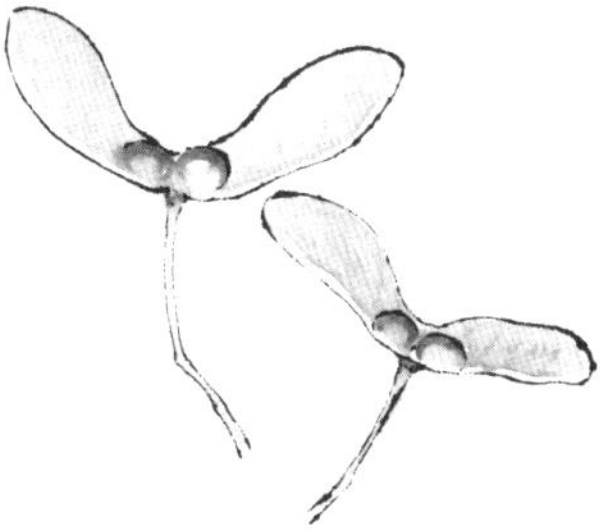

楓

カエデ

カエデ科カエデ属。タカオモミジ（イロハカエデ）、タカオモミジの一変種のチリメンカエデ、日本海側の山地に生えるヤマモミジ等があります。カエデの名の由来は葉形が蛙の手に似ているところから来ています。

ヤマモミジの紅葉は美しく、紅葉の名所にあるタカオモミジはヤマモミジの変種です。タカオモミジは本州、四国、九州、台湾、中国の山地に見られます。モミジとはこのタカオモミジのことです。花は春、葉とともに開きます。

山路観楓（山路《さんろ》にて楓《かえで》を観《み》る）

明治 夏目漱石《なつめそうせき》

石苔沐雨滑難攀◎ 石苔雨《せきたいあめ》に沐《もく》し滑《すべ》りて攀《よ》じ難《がた》し
渡水穿林往又還◎ 水《みず》を渡《わた》り林《はやし》を穿《うが》ちて往《ゆ》きて又還《またかえ》る
処処鹿声尋不得 処処《しょしょ》の鹿声《ろくせい》尋《たず》ね得《え》ず
白雲紅葉満千山◎ 白雲紅葉千山《はくうんこうようせんざん》に満《み》つ

（七言絶句・上平声十五刪の韻）

楓

カエデ

語釈

石苔　岩に生えた苔
沐雨　雨に洗われる
渡水　川を渡る
穿林　林をとおりぬける
処処　どこもかしこも
尋不得　さがしあてられない

通釈

岩苔が　雨にぬれ　滑りやすく　山路《やまじ》登りにくい
川渡り　林ぬけ　行きまた帰る
あちらでも　こちらでも　鹿の声　姿なし
見えるのは　山々の　紅き葉と　白き雲

鑑賞

前半の二句では、作者が紅葉を求めて川を渡り、林を抜け、あちらこちらと歩きまわっています。時雨《しぐれ》に洗われた岩の苔に足をとられながら、滑りやすい山路を辿っていることが詠じられています。

後半の二句は視覚と聴覚を用いて、山深いさまが詠われています。静寂を破って聞こえてくるのは鹿の鳴き声ですが、山が深く、その姿を見つけだすことができないというのです。

全山、紅葉に包まれています。青い空には白い雲が浮かんでいます。白雲には白雲郷という意味が込められています。仙境のことです。美しい色彩を用いながら深山の趣を詠じています。

なお同題「山路観楓」で、

杣人もにしき着るらし今朝の雨に
　紅葉の色の袖に透れば

と、明治二十二(一八八九)年十一月六日付の和歌で詠まれています。

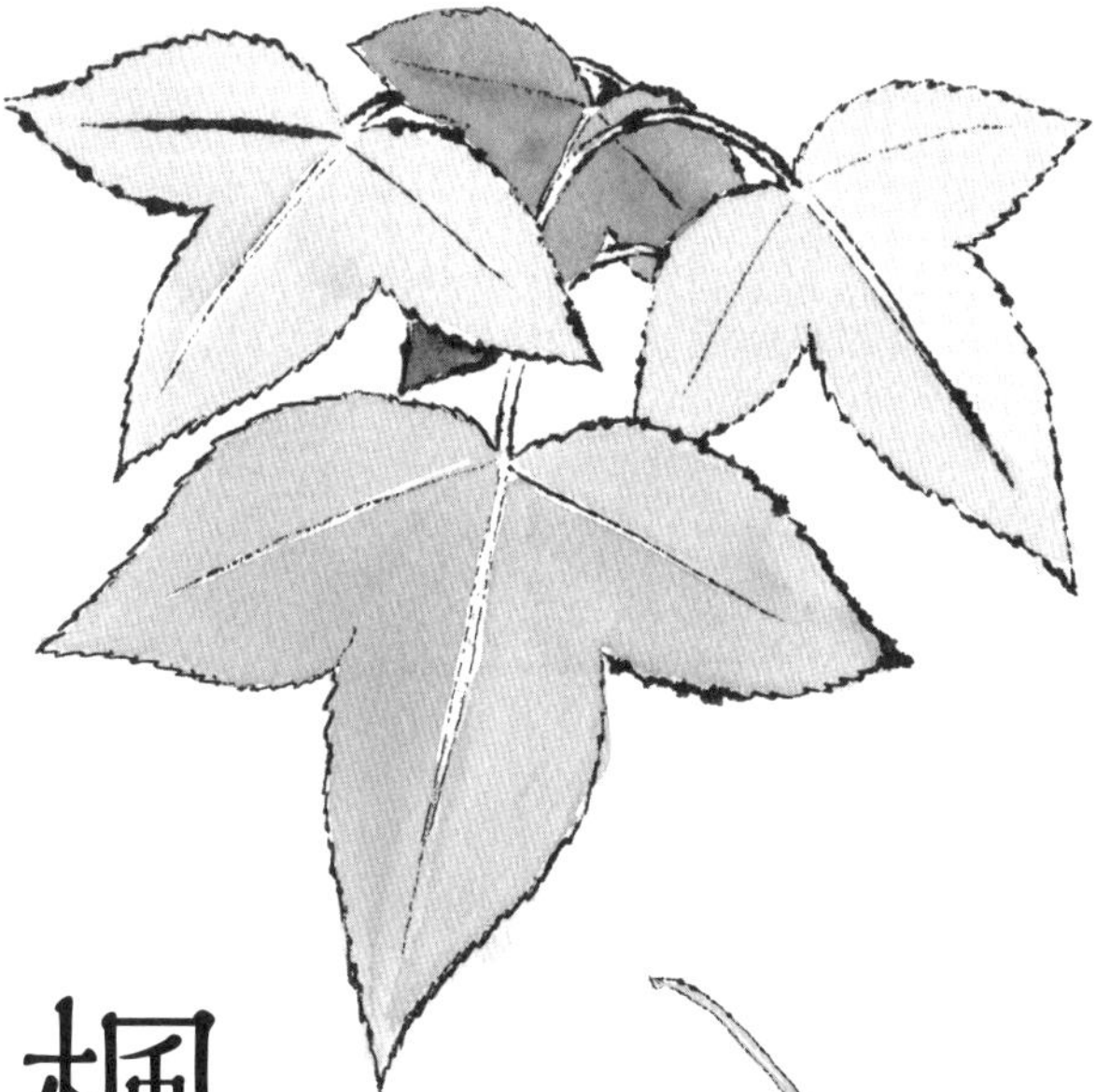

楓

フウ

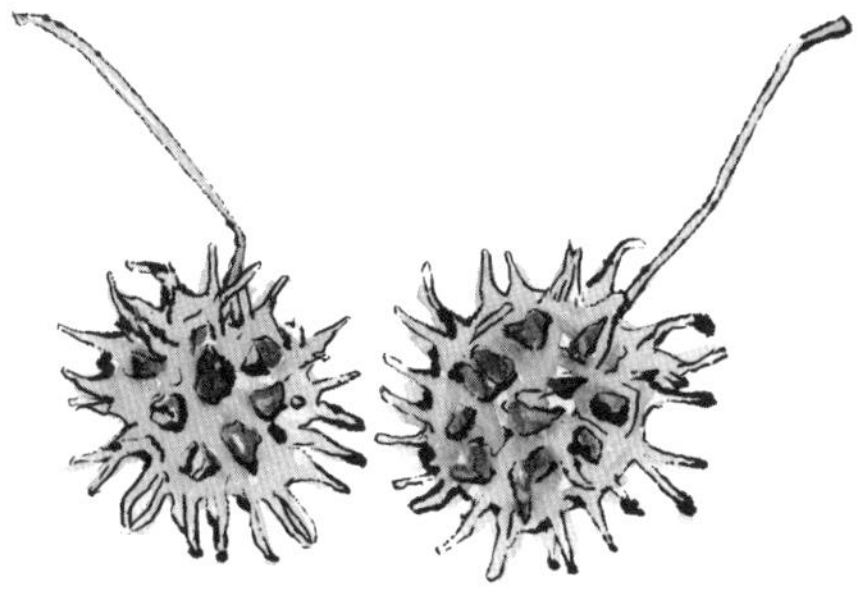

マンサク科フウ属。中国・台湾が原産地です。享保年間（一七二〇年頃）に渡来した楓香樹《ふうこうじゅ》で、日本の「カエデ」（１４５頁参照）とは別種です。落葉高木で樹高四十メートルにもなります。葉は枝端に束生し、長柄があり、葉の長さは無毛で七〜十センチ程です。秋に紅葉しますが、モミジバフウ（アメリカフウ）のように真紅に紅葉するようなことはありません。花は春、単性で雄花と雌花は別々に枝先に花序をつくります。花弁もがくもありません。実は集合果で直径二・五〜四・五センチ。樹脂に香気があり、漢方では結核などの薬になります。

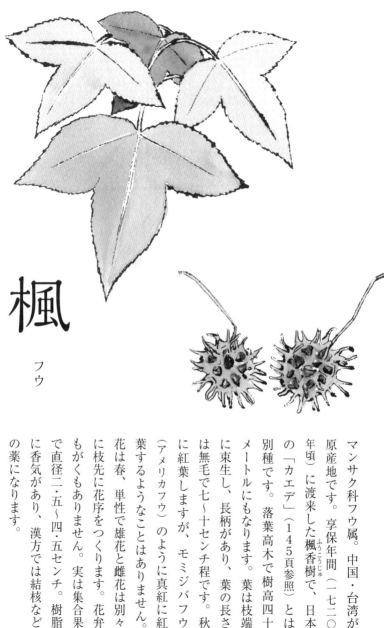

楓橋夜泊（楓《ふう》橋《きょう》夜《や》泊《はく》）

唐　張継《ちょうけい》

月落烏啼霜満天◎
江楓漁火対愁眠◎
姑蘇城外寒山寺
夜半鐘声到客船◎

月《つき》落《お》ち烏《からす》啼《な》いて霜天《しもてん》に満《み》つ
江楓《こうふう》漁火《ぎょか》愁眠《しゅうみん》に対《たい》す
姑蘇《こそ》城外《じょうがい》山寺《さんじ》寒《さむ》く
夜半《やはん》の鐘声《しょうせい》客船《かくせん》に到《いた》る

（七言絶句・下平声一先の韻）

楓

フウ

語釈

楓橋　蘇州の郊外五キロにある橋名。もともとは封橋

月　上弦の月

江楓　川べりにある楓香樹

姑蘇　蘇州

城外　郊外

通釈

月沈み　烏啼き　空には霜が　満ちわたる

川べりのフウ　いさり火が　浅き眠りの　目にうつる

姑蘇の街《まち》はずれ　山寺は　寒々しく

夜中をつげる　鐘の音　わが乗る船に　響きくる

鑑賞

この絶句は昔から人々の口にのぼりました。旅愁を巧みに詠じた名作であるからです。さらに、宋の鷗陽脩《おうようしゅう》（一〇〇七〜一〇七二）が『六一詩話《りくいっしわ》』で「真夜中には鐘は鳴らない」と言ったことから大論争が起こったことで有名になりました。しかし、唐詩の中で、夜半の鐘が五首ほどあったことで論争に決着がつきました。また、「烏啼」は「烏啼山」、「愁眠」も「愁眠山」であるという説もありました。

この詩のポイントは川べりにある楓香樹の紅葉した葉が漁火《いさりび》のあかりに照らしだされていることと、漁火そのものの赤にあります。この赤い色がやるせない旅愁の気分をよく詠じているのです。前半は視覚を、後半は聴覚を通して旅愁を詠っています。

なお、三句目は「姑蘇《こそ》城外《じょうがい》の寒山寺《かんざんじ》」と読んでいるテキストが一般的ですが、「寒山寺」と固有名詞で読むのは元和年間（八〇六〜八二〇）に天台山の国清寺から僧寒山がやって来て住んだ以降のことからです。唐代には「寒山寺」という寺名はなかったと三澤玲爾氏は指摘しています。張継が蘇州のあたりを漂泊したのは七六〇年頃だとされ、寒山がこの寺院に住んだのは元和年間とされています。したがって五十年以上の歳月の隔たりがあることにもなるため、三句目は「姑蘇城外の山寺寒く」と読むか「姑蘇城外の寒山の寺」と読むべきでしょう。後半が対句仕立てに構成されていますので、「姑蘇城外の山寺寒く」と読むのが相応しいと思います。

柏

コノテガシワ

ヒノキ科コノテガシワ属。中国の北西部や西部に生ずる常緑針葉高木で、高さ五～十メートル。枝が直立するさまを手をあげる子供の姿に見立てた名で「児の手柏」と書き、中国では「柏」とか「側柏」と書きます。枝や葉から線香や香料をとります。また、香りが高い葉はサンショウの実とともに「椒柏酒《しょうはくしゅ》」として、正月に飲まれます。ジンにも使われます。ブナ科落葉高木のカシワではありません。花期は三月～四月。球果は十月～十一月。

蜀相（蜀相《しょくしょう》）

丞相祠堂何処尋◎
錦官城外柏森森◎
映堦碧草自春色
隔葉黄鸝空好音◎
三顧頻繁天下計
両朝開済老臣心◎
出師未捷身先死
長使英雄涙満襟◎

唐　杜甫《とほ》

丞相《じょうしょう》の祠堂《しどう》何《いず》れの処《ところ》にか尋《たず》ねん
錦官城外《きんかんじょうがい》柏森森《はくしんしん》
堦《かい》に映《えい》ずる碧草《へきそう》自《おのず》から春色《しゅんしょく》
葉《は》を隔《へだ》つる黄鸝《こうり》空《むな》しく好音《こういん》
三顧《さんこ》頻繁《ひんぱん》なり天下《てんか》の計《けい》
両朝《りょうちょう》開済《かいさい》す老臣《ろうしん》の心《こころ》
出師《すいし》未《いま》だ捷《か》たざるは身《み》は先《ま》ず死《し》し
長《とこしえ》に英雄《えいゆう》をして涙襟《なみだえり》に満《み》たしむ

（七言律詩・下平声十二侵の韻）

柏

コノテガシワ

語釈

蜀相　蜀の宰相《さいしょう》諸葛孔明（一八一〜二三四）
丞相　宰相
祠堂　ほこら
錦官城　成都
黄鸝　こうらいうぐいす
三顧　劉備が孔明を訪ねて出馬をうながした。三顧の礼をいう
両朝　二代の朝廷
開済　創業と守成

通釈

蜀の宰相《さいしょう》　祭ったお堂　どこにある
成都のまちはずれ　コノテガシワが　こんもりと茂るとこ
きざはしの　緑なす草　春のよそおい
葉かげのウグイス　美しき　さえずりも　空《むな》しい
くりかえし　孔明訪ね　天下の計《けい》を　尋ねた
二代にわたり　創業・守成　老臣の　誠つくす
出師《すいし》の表《ひょう》　たてまつり　戦いに　勝たぬうち　その身は　死んでしまい
とこしえに　英雄らの　襟《えり》を　涙でぬらす

鑑賞

杜甫四十九歳の作品です。華州（陝西省）で大飢饉にあい、官を捨てて流浪の旅に出た杜甫は、友人を頼って成都にやってきて、浣《かん》花《か》渓《けい》のほとりに草堂を建てて住みました。そんなある日、孔明を尊敬する杜甫は諸葛孔明の廟に参拝し、その感慨を詠じたものです。

杜甫の生涯の中で、この成都での生活が一番充実していたのではないかと思われます。

蕎麦

ソバ

タデ科ソバ属。中央アジア原産ですが、古くに渡来して栽培されています。和名のソバはソバムギの省略されたものです。ソバムギのソバは稜つまり角のあるムギの意味です。漢名の蕎麦と呼ばれているソバは全体に柔らかく無毛。茎は直立し、高さ四十〜七十センチ程になります。茎の中は空になっています。葉には長い柄があり、花は夏または秋、白色か淡紅色に咲きます。なお、そば粉は果実中の胚乳から作ります。またインド北部・中国が原産のシャクチリソバもあります。「赤地利」の音読みですが、根茎を漢方では「赤地利」と称して、解熱剤に用います。また野菜としても用いられています。

村夜（村夜《そんや》）

霜草蒼蒼虫切切●
村南村北行人絶●
独出門前望野田
月明蕎麦花如雪●

唐　白居易《はくきょい》

霜草《そうそう》は蒼蒼《そうそう》として虫《むし》は切切《せつせつ》たり
村南村北行人絶《そんなんそんぼくこうじんた》え
独《ひと》り門前《もんぜん》に出《い》でて野田《やでん》を望《のぞ》めば
月明《つきあき》らかにして蕎麦花雪《きょうばくはなゆき》のごとし

（七言絶句・入声九屑の韻）

蕎麦

ソバ

語釈

蒼蒼　老いたさま
切切　物寂しく鳴く虫の音
行人　道を行く人

通釈

霜あびた草　老いたよう　秋の虫　か細く鳴き
村の南　村の北も　道行く人は　絶えはてた
ただ一人《ひとり》　門前に出て　野のはたけ　眺めれば
月明り　ソバの花　雪のよに　真っ白だ

鑑賞

作者は元和六（八一一）年に母を亡《うしな》い、下邽《かけい》で喪に服していた頃に詠じた作品です。さびさびとした田園風景が詠われています。霜にぬれた草が生気を失っており、虫の音はか細く続いている中を、道行く人々の姿も絶えはてている前半の二句を承《う》けて、一人小立《しょうりつ》して野の田を眺めると月の明かりをあびて、ソバの花が雪のように白く浮きあがって見えたのでしょう。ソバの花はひなびています。その花を引き立てているのが、「霜草」「蒼蒼」「切切」「行人絶」「野田」などの詩語です。作者の喪に服しているころの心情が巧みに表白されています。

なお、ソバを詩の中に詠い込んだのは、白居易が初めてであるといわれています。

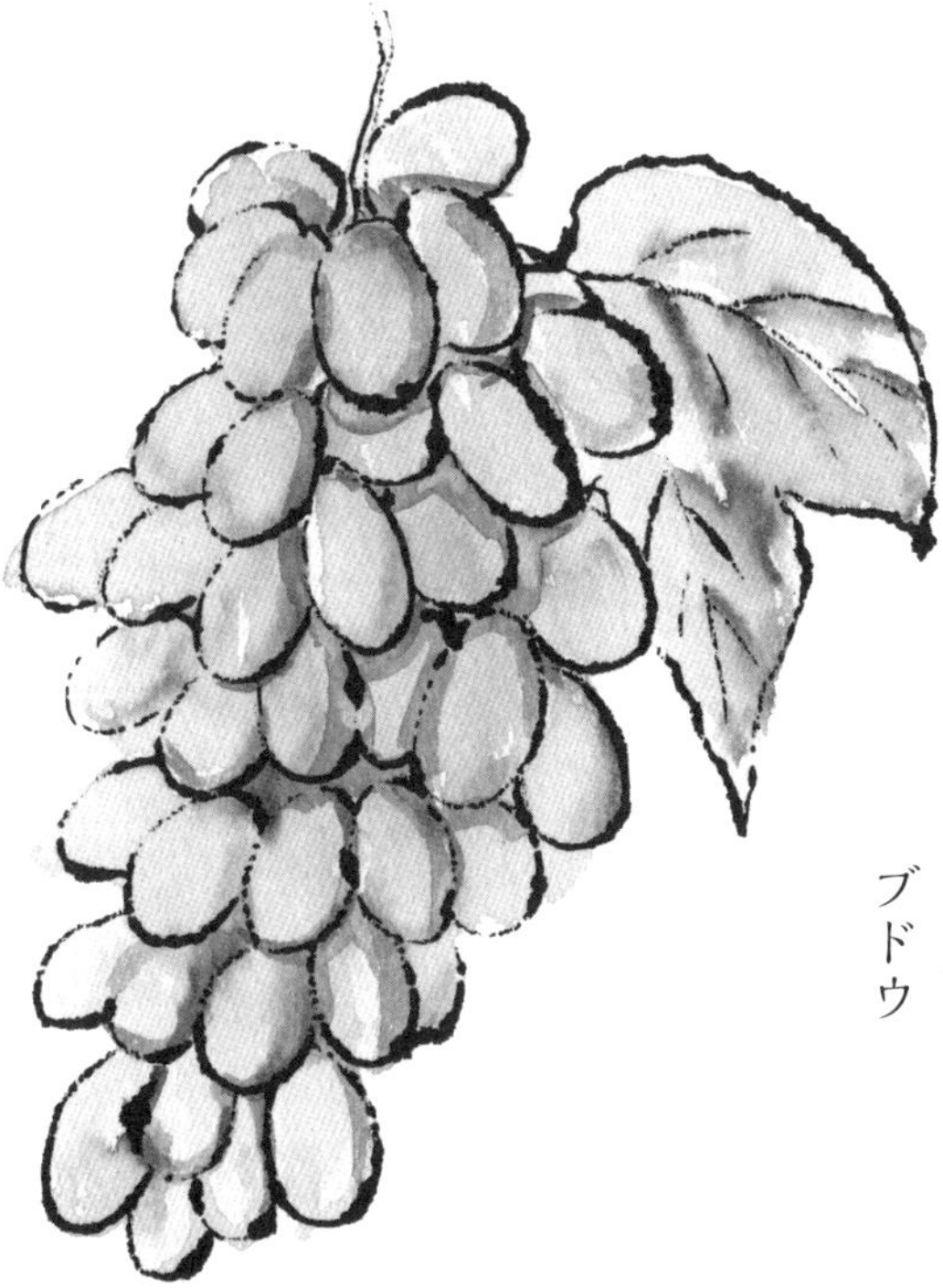

葡萄《ブドウ》

ブドウ科ブドウ属。アジア西部が原産。中国西部にウイグル語で「低地」を意味するトルファンという市《まち》があります。このあたりは海抜より低く、アイディン湖はマイナス百五十四メートル。湖の北には火焔山《かえんざん》が横たわっています。その山の西の峡谷には葡萄溝があり、多種類の葡萄が植栽されています。代表的な葡萄は「火州緑宝石」と讃えられる「馬乳葡萄」（上図）です。葡萄は蔓性落葉高木で、茎は葉と対生する巻ひげによってよじのぼります。花は初夏。新芽の葉に対生して円錐花序をつけます。

和名のブドウは「蒲桃」とも書き、ペルシャの言語 Budan によります。

涼州詞（涼州詞《りょうしゅうし》）

葡萄美酒夜光杯◎
欲飲琵琶馬上催◎
酔臥沙場君莫笑
古来征戦幾人回◎

唐　王翰《おうかん》

葡萄《ぶどう》の美酒《びしゅ》夜光《やこう》の杯《はい》
飲《の》まんと欲《ほっ》すれば琵琶《びわ》馬上《ばじょう》に催《うなが》す
酔《よ》うて沙場《さじょう》に臥《ふ》すとも君笑《きみわら》うこと莫《な》かれ
古来征戦幾人《こらいせいせんいくにん》か回《かえ》る

（七言絶句・上平声十灰の韻）

葡萄

ブドウ

語釈

涼州詞　涼州（甘粛省武威あたり）で流行していた歌曲
夜光杯　白玉の杯という説もあるが、ガラスの杯
催　うながす。もよおすとも読む
沙場　砂漠の戦場
君　読者一般をさす
古来　むかし
征戦　戦《いくさ》に行くこと
幾人回　どれだけの人が無事に帰ったであろうか。幾は反語に近い疑問詞

通釈

葡萄の旨酒　夜光のグラス
飲もうとすると　馬の背で　促すように　琵琶かき鳴らす
旨酒に酔い　砂漠に　倒れ伏しても　君よ　笑ってくれるな
古来戦《いくさ》に　駆り出され　いったい　どれだけの人帰ったのだろう

鑑賞

涼州詞は楽府題で、二首連作の一首目です。前半の二句の、西域の雰囲気を醸し出す詩語「葡萄」「夜光杯」「琵琶」「馬（ウズベキスタン共和国・フェルガナが原産）」などは漢代に中国に伝来したものです。それまでの中国の馬は「樹下馬」と呼ばれ、ポニーのような大きさでした。

「葡萄の美酒」「夜光杯」は視覚に訴え、「琵琶」は聴覚に訴えています。この二つの感覚が重なりあって、美しいイメージを作りだしています。

ところが、三句目の「沙場」によって、故国を遠く離れた戦場に駆り出されていることがわかります。明日をも知れない戦場で、作者は葡萄酒をしこたま飲んで、そこに倒れ臥《ふ》しても笑ってくれるなと読者に呼び掛けているのです。戦場に身を置く痛ましさが胸を強く打ちます。

第四句がこの詩の主題です。古来戦場に駆り出されて、無事に帰還した者などはいないのだと詠じています。前半に美しいエキゾチックな詩語を多用しているので、より一層読者の胸に迫ってきます。辺塞《へんさい》詩の傑作の一つです。

なお、作者は一度も辺塞に足を踏み込んだことはなく、憧れだけでこの絶句を作りました。

椒

サンショウ

ミカン科サンショウ属。別名ハジカミ。落葉低木で、樹高三メートル。北海道、本州、四国、九州に分布しています。

葉は互生し、複葉で十一〜十九枚の小葉に分かれています。枝は分枝し、幹は古くなると黒褐色となり、刺の落ちた跡がイボ状になり、若い枝では葉の落ちた跡の両側に二本の刺がつきます。

雄花のつぼみは佃煮にし、若い果実も佃煮にしたり粉末にしてウナギの蒲焼きの薬味にします。実は熟すと二つに裂けて中から黒い種子ができます。漢名は山椒。

椒園（椒園《しょうえん》）

唐 王維《おうい》

桂樽迎帝子
杜若贈佳人○
椒漿奠瑤席
欲下雲中君◎

桂樽帝子《けいそんていし》を迎《むか》え
杜若佳人《とじゃくかじん》に贈《おく》る
椒漿瑤席《しょうしょうようせき》に奠《てん》し
雲中君《うんちゅうくん》を下《くだ》さんと欲《ほっ》す

（五言絶句・通韻）

椒

サンショウ

語釈

桂　クスノキ科の肉桂
帝子　湘夫人『楚辞』九歌による
杜若　ヤブミョウガ
漿　汁
奠　供える
瑤席　美しい敷物
雲中君　雲の神

通釈

香り高き　肉桂の　樽酒を用意して　湘夫人招き
香り良き　ヤブミョウガを　美しき人に　贈る
山椒の　スープをば　美しき　敷物に供え
雲の神を　下界に　おくってほしい

鑑賞

この詩は王維の『輞川集』に掲載されています。前半の「桂樽」や後半の「椒漿」「瑤席」は『楚辞』の「九歌」に、また「帝子」も「雲中君」も「九歌」を踏まえています。

この詩は中国最古の詩集『詩経』につぐ、南方の詩の詞華集『楚辞』を意識させ、輞川という地が、俗世間とはかけ離れているということを詠って、神秘的な理想郷として描き出しているのです。

呉茱萸

カワハジカミ

ミカン科の落葉小高木。川薑《かわはじかみ》とも書きます。果皮を利用する皮椒の意かもしれません。日本には享保年間（一七二〇年頃）に渡来し、健胃・利尿・感冒・嘔吐止め・入浴剤として用いられます。

九月九日憶山中兄弟（九月九日《くがつここのか》山中《さんちゅう》の兄弟《けいてい》を憶《おも》う）

唐 王維《おうい》

独在異郷為異客
毎逢佳節倍思親◎
遥知兄弟登高処
遍挿茱萸少一人◎

独《ひと》り異郷《いきょう》に在《あ》って異客《いかく》と為《な》る
佳節《かせつ》に逢《あ》うごとに倍《ます》ます親《しん》を思《おも》う
遥《はる》かに知《し》る兄弟《けいてい》高《たか》きに登《のぼ》る処《ところ》
遍《あまね》く茱萸《しゅゆ》を挿《さ》して一人《いちにん》を少《か》くを

（七言絶句・上平声十一真の韻）

呉茱萸

カワハジカミ

語釈

九月九日　五節句の一。重陽の節句
異郷　他郷。ここは長安をさす
親　肉親。親兄弟
処　~する折
茱萸　カワハジカミ
少　欠けている

通釈

ただひとり　故里離れ　旅ぐらし
めでたい節句　出あうたび　ますます肉親　偲ばれる
兄弟《けいてい》達が　高きところに　登る折
カワハジカミを　挿している　自分ひとりが　欠けている場面　はるかに思う

鑑賞

王維十七歳の作品。科挙の受験のために、都長安に上京していた折に重陽《ちょうよう》の節句に出会い、親・兄弟達を偲びながら詠じたものです。重陽の節句とは陰暦の九月九日の節句で、菊の節句ともいい、カワハジカミの枝を頭の髪に挿して、小高い山に登り、菊花を浮かべた酒を飲んで邪気をはらいます。陽の数の九が二つ重なることから重九《ちょうく》ともいいます。また、「登高」ともいいます。

第一句は同じ漢字を重ねて用いている点に注目してください。初唐の詩人王勃《おうぼつ》（六四九〜六七六）が「九月九日望郷台　他席他郷送客杯」と詠んだのと同じように王維も「独在異郷為異客」と同じ漢字を畳みかけて、言葉遊びをしているのです。

後半は、家族揃って重陽の節句を過ごしているのに作者はたったひとり異郷で節句を迎えています。王維が肉親のことを思い出しているのは当然のことですが、ここでは故里にいる親兄弟が一人欠けている自分のことを偲んでいることだろうなあと詠じていると解釈します。そうしたとり方の方がより強い望郷の念を感じることができるのです。

高適《こうせき》（?〜七六五）にも「故郷今夜思千里」（除夜作）と詠《うた》う句がありますが、これを「故郷今夜千里を思う」と読む場合と「故郷今夜千里に思う」と読む場合とでは望郷の念の深さが違うように思われます。「千里を思う」と読む場合は旅人の私を故郷の人々が思い出してくれていることになり、ストレートに「私が故里を思う」と詠うよりも味わいが深いように感じられ、望郷の念がより強く伝わってきます。

キク科キク属。中国が原産地。日本で改良されたものを和ギク、欧米で作られたものを洋ギクといいます。

キクは花の季節の最後を飾るので、極（みわまる）といい、中国名の菊がつき、日本語読みでキクといいます。食用ギクはキク科の多年生草本植物であり、観賞ギクから選抜栽培されてきました。花弁が厚く、大きく、香りがよい。ビタミンEやミネラルをバランスよく含み、血行促進、目の充血やかすみ目の解消によいとされています。

花言葉は不老長寿。また、気骨のある人です。わが国では新潟県や東北地方が主産地です。

九月九日の重陽の節句には酒に浮かべた菊酒を飲み、また菊茶としても愛飲されています。

菊

キク

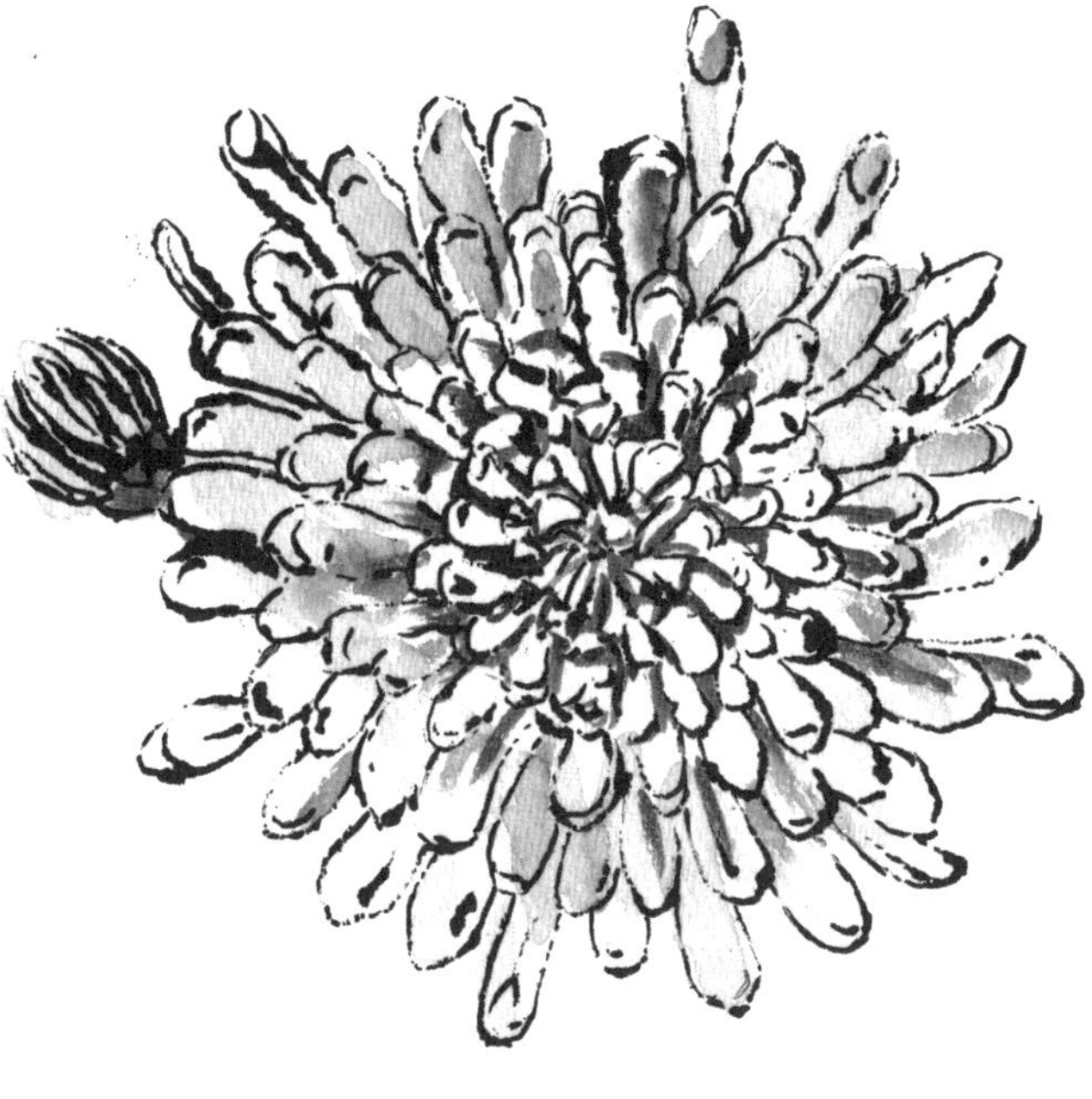

送王十八帰山寄題仙遊寺（王十八《おうじゅうはち》の山《やま》に帰《かえ》るを送《おく》り仙遊寺《せんゆうじ》に寄題《きだい》す）

唐　白居易《はくきょい》

曾於太白峰前住
数至仙遊寺裏来◎
黒水澄時潭底出
白雲破処洞門開◎
林間煖酒焼紅葉
石上題詩掃緑苔◎
惆悵旧遊無復到
菊花時節羨君迴◎

曾《かつ》て太白峰前《たいはくほうぜん》に於《お》いて住《じゅう》し
数《しば》しば仙遊寺裏《せんゆうじり》に至《いた》りて来《き》たる
黒水《こくすい》澄《す》む時《とき》潭底《たんてい》出《い》で
白雲《はくうん》破《やぶ》るる処《ところ》洞門《どうもん》開《ひら》く
林間《りんかん》に酒《さけ》を煖《あたた》むるに紅葉《こうよう》を焼《た》き
石上《せきじょう》に詩《し》を題《だい》するに緑苔《りょくたい》を掃《はら》う
惆悵《ちゅうちょう》す旧遊《きゅうゆう》復《ま》た到《いた》る無《な》きを
菊花《きくか》の時節《じせつ》君《きみ》の迴《かえ》るを羨《うらや》む

（七言律詩・上平声十灰の韻）

菊

キク

語釈

王十八　王質夫。十八は排行。排行とは一族を祖父・父・兄弟など世代によってわけ、年齢順にしたときの呼び名
仙遊寺　秦嶺山脈の山中にある寺
太白峰　秦嶺山脈の一峰
黒水　渭河の支流。仙遊寺の門前を流れる
潭　淵
洞門　寺の門
惆悵　いたみ悲しむ

通釈

かつて　太白山の　前に住んでいた
たびたび　仙遊寺で　遊んだものだ
黒水が　澄む時は　淵の底　透きとおる
白雲の　切れ間には　寺の門　開いてる
林の間で　もみじたき　酒あたためる
石の上　緑の苔　払いのけ　詩書きつける
悲しいよ　旧遊の地　訪ねること　できぬのが
菊咲く頃に　帰りゆく君　うらやましい

仙遊寺はかつて白居易が王質夫や陳鴻《ちんこう》らと遊んだところです。名高い「長恨歌」は王質夫にすすめられてそこで作りました。その仙遊寺のある地に王質夫が帰ってゆくというのです。

鑑賞

一・二句は作者が高級官僚としてスタートして盩厔《ちゅうちつ》（陝西《せんせい》省周至県）にある仙遊寺によく遊びに行ったと対句仕立てにして詠じています。対句仕立てなので、一句目の押韻は踏み落としにすることが許されるのです。

三・四句は黒や白といった色彩を用いながら、仙遊寺あたりの風景を美しく、対句にして詠じています。

五・六句は人口に膾炙《かいしゃ》しています。『和漢朗詠集』には「林間に酒を煖《あたた》めて紅葉を焼《た》く石上に詩を題して緑苔を掃ふ」と引用されています。そのほか『平家物語』をはじめ、『枕草子』『紅葉狩』（謡曲）などの作品にも引かれています。

七・八句は送別の詩らしい詠《うた》い方です。白居易自身はもう旧遊の地には訪れることはないのかもしれないが、風流の地に帰れる君がうらやましいと結んでいます。旅立ちが菊の花の咲く頃だというのですから、九月九日の重陽の節句を詠じているのです。

大豆

ダイズ

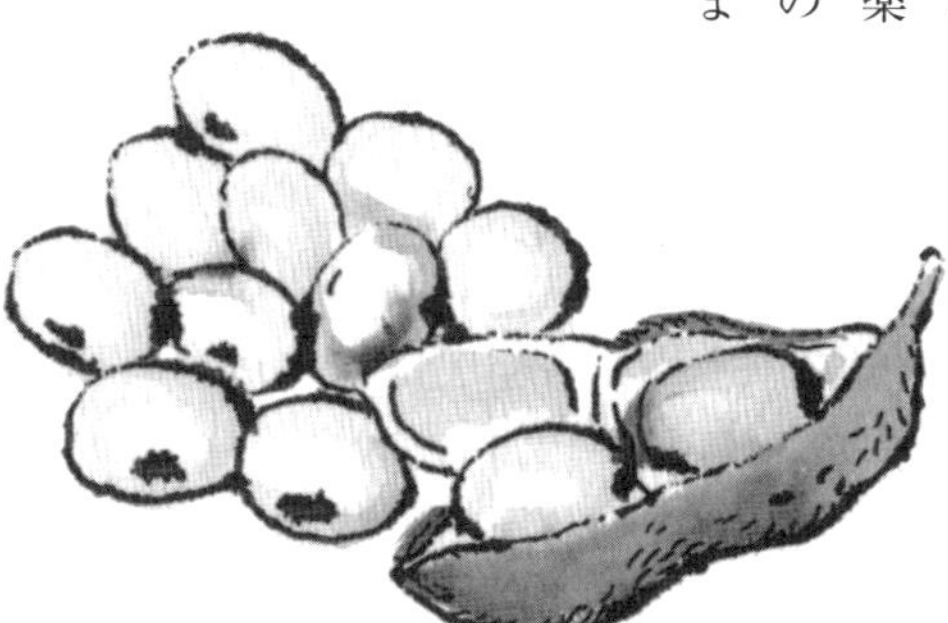

マメ科ダイズ属。五穀（五種の主要な穀物＝米・麦・あわ・きび・豆）の一つ。アジアとオーストラリアには自生していますが、中国北東部で最初に栽培されたと考えられ、現在では温帯地方にも広がっています。
種子は加工されて、豆腐、味噌、醤油、おから、もやし、大豆油に、葉は虫刺されの薬に、黒大豆は風邪・宿酔（二日酔い）などの薬に、また、家畜用の餌に用いられています。

七歩詩（七歩《しちほ》の詩《し》）

魏　曹植《そうち》

煮豆持作羹
漉豉以為汁●
萁在釜下燃
豆在釜中泣●
本是同根生
相煎何太急●

豆《まめ》を煮《に》て持《もっ》て羹《あつもの》と作《な》し
豉《し》を漉《こ》して以《もっ》て汁《しる》と為《な》す
萁《まめがら》は釜《かま》の下《した》に在《あ》って燃《も》え
豆《まめ》は釜《かま》の中《なか》に在《あ》って泣《な》く
本《もと》は是《こ》れ同《おな》じ根《ね》より生《しょう》ぜしに
相煎《あいい》ること何《なん》ぞ太《はなは》だ急《きゅう》なるや

（五言古詩・入声十四緝の韻）

大豆

ダイズ

語釈

羹　濃いスープ
豉　みそ。大豆を煮てすりつぶしたもの
萁　まめがら。豆の実を取った枝と茎
煎　いる。火であぶり、水分をのぞく

通釈

豆を煮て　アツモノ作り
味噌漉して　味噌汁にする
豆がらは　釜の下　燃えている
大豆は　釜の中　泣いている
豆がらも　大豆も　もともとは　同じ根っこ
どうして　激しく　煎《い》るのだろ

鑑賞

詩題の「七歩」とは兄の文帝から、七歩歩く間に詩ができなかったなら死刑にすると言われて作詩したといわれていることからつけられました。

一・二句は「アツモノ」と「汁」の調理法を詠い、次の三・四句は、釜の下で燃えているのは兄の曹丕《そうひ》（文帝）を、釜の中の豆は曹植《そうち》すなわち自分自身を詠じています。次の五・六句は同じ母親から生まれた曹丕と曹植であるのに、どうしていじめられるのだろうかと「何ぞ太だ急なるや」と詠います。

この詩は後漢から東晋までの名士のエピソードを集めた『世説新語《せせつしんご》』に収録されていますが、曹植の作品集『曹子建集』には収められていないので、曹植の作品ではないともいわれています。

戯歌《ざれうた》とも見られていますが、豆と萁《まめがら》を題材として詠んだ発想はすばらしいと思います。この詩を聞いた兄の曹丕（文帝）はどのように感じたのでしょうか。

兄が王位に就くと弟の曹植の生活は暗いものになったといいます。

栗

クリ

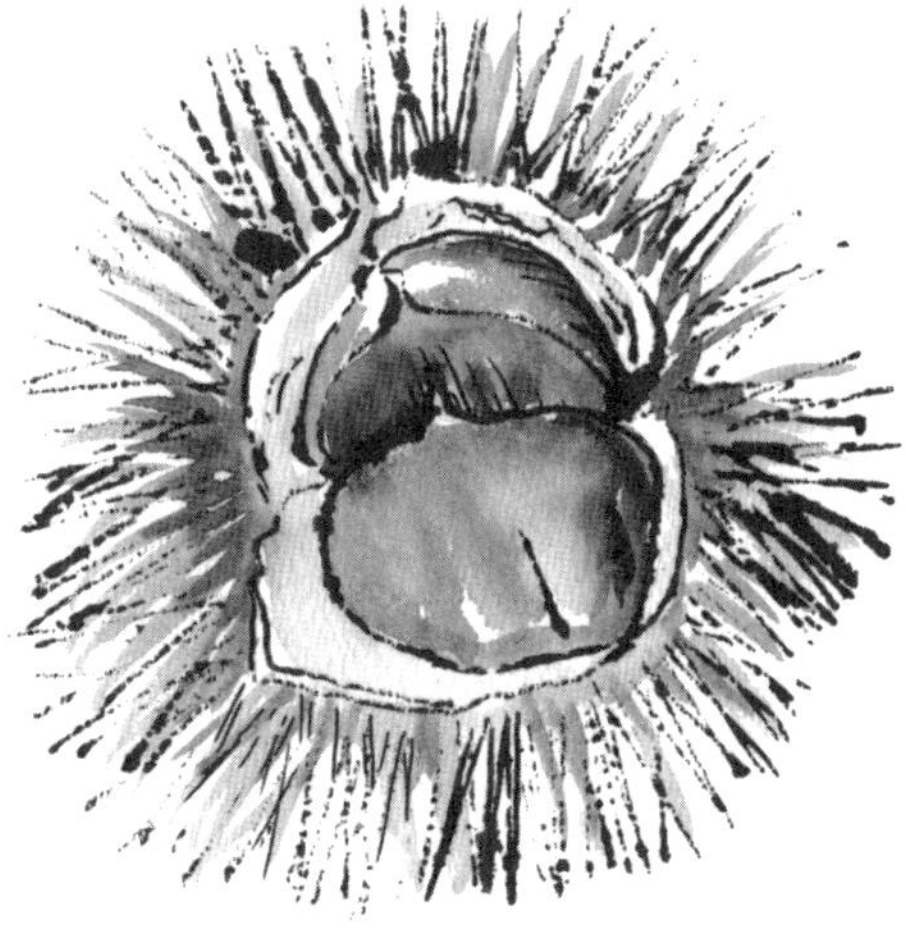

ブナ科クリ属。ニホングリ、チュウゴクグリ、ヨーロッパグリ、アメリカグリの四種類があります。樹高十五～二十メートルの落葉高木で、樹皮は成長とともに茶褐色から灰色にかわり、幹に深い縦状の裂け目が入ります。材は椎茸のほだ木にもなります。花は強い匂いを放つ虫媒花（虫を媒介して受粉する）で、初夏に花をつけます。雄花は三つの子房、受粉した子房だけが肥大して、九月から十月頃に成熟すると、イガに変化した総苞弁《そうほうべん》が割れて果実が現れます。果実にはビタミンC・B、カリウムが豊富に含まれています。一万三千～二千年前の縄文遺跡からも大量にクリが出土しています。北半球の温暖な地域にクリはあります。天津甘栗のチュウゴクグリは皮とシブが同時にとれますが、笠間（茨城県）産の栗も皮とシブが同時にとれるようです。

責子（子《こ》を責《せ》む）

東晋　陶淵明《とうえんめい》

白髪被両鬢
肌膚不復実●
雖有五男児
総不好紙筆●
阿舒已二八
懶惰故無匹●
阿宣行志学
而不愛文術●

白髪両鬢《はくはつりょうびん》を被《おお》い
肌膚《きふ》復《ま》た実《み》たず
五男児《ごだんじ》有《あ》りと雖《いえど》も
総《すべ》て紙筆《しひつ》を好《この》まず
阿舒《あじょ》は已《すで》に二八《にはち》
懶惰《らんだ》故《もと》より匹《たぐ》い無《な》し
阿宣《あせん》行《ゆ》くゆく志学《しがく》にして
而《しか》も文術《ぶんじゅつ》を愛《あい》せず

栗

クリ

雍端年十三
不識六与七●
通子垂九齢
但覓梨与栗●
天運苟如此
且進杯中物▲

雍端《ようたん》は年十三《としじゅうさん》
六《ろく》と七《しち》を識《し》らず
通子《つうし》は九齢《きゅうれい》に垂《なんな》んとして
但《た》だ梨《なし》と栗《くり》とを覓《もと》むのみ
天運《てんうん》苟《いやし》くも此《かく》のごとくんば
且《しばら》くは杯中《はいちゅう》の物《もの》を進《すす》めん

（五言古詩・通韻）

語釈

実　充実
紙筆　勉強道具
阿舒　長男の儼《げん》
二八　十六歳
懶惰　怠け者
志学　十五歳
文術　学問
通子　通という名
苟　もしも
杯中物　酒

通釈

白髪が　モミアゲあたりを　おおっている
もはや　ハダは　カサカサになり
五人の　男の子　いるけれど
すべてが　紙や筆　好まない
舒は　もう　十六歳
並ぶ者もいない　怠け者
宣は　十五歳に　なろうとするが
学問が　好きでない
雍と端　十三歳で
六も七も　知らない
通は　九つに　なろうとするが
ナシとクリを　求めるだけだ
これが　運命ならば
しばらくは　酒でも　飲もうとしよう

栗

クリ

鑑賞

陶淵明四十四歳のころの作品です。詩題の「責子」とは不肖《ふしょう》なわが子を責めるという意味。淵明には五人の男の子と女児がおりましたが、五人の男の子はそろいもそろって勉強が嫌いだと詠じています。しかし、本当に勉強嫌いなぼんくらであれば、「責子」詩を作ることはないはずです。では、ふざけて作詩したのでしょうか。冗談で詠じていたのでしょうか。そのいずれでもないのです。

作者の生きた六朝《りくちょう》（呉・東晋・宋・斉・梁・陳）時代は政治が不安定でした。三人寄れば、謀《む》反人《ほんにん》と見られました。ですから、勉強嫌いのぼんくらにわが子を仕立て、一家揃って、田園の中で平和に暮らそうというのです。

なお、雍と端は二人とも十三歳です。双生児とも考えられますが、年の初めと年末に出生したのかもしれません。

甘藷

サツマイモ

ヒルガオ科サツマイモ属。原産地は中央アメリカの熱帯で、自生種はメキシコに今も存在しています。中国説もあります。多年草。地中に肥厚《ひこう》な塊根《かいこん》を作ります。葉は心臓状円形で、茎とともに紫色を帯びています。アサガオに似た小形の花は紅紫色で、五〜六個開花しますが、本州での開花は稀です。漢名は甘藷《かんしょ》。

コロンブスがスペインに持ち帰り、イサベラ女王に献上。十五世紀末にはヨーロッパに広く伝わりました。その後、アフリカ・インドを経て、東南アジア、中国、日本、朝鮮半島へと渡ったコースをバタタス・ルートといいます。アジアには中央アメリカの熱帯からフィリピンへと渡ったカテモ・ルートもあります。ポリネシア人によりハワイやニュージーランドに広まったクラマ・ルートもあります。

日本への渡来は縄文・弥生の初期からという説がありますが、そうであれば、原産地は中国です。慶長二（一五九七）年と慶長十（一六〇五）年に伝わったとする説では琉球からといわれています。薩摩芋は薩摩（鹿児島）から広まったという意味です。別称を八里とか八里半といいますが、味は栗（九里）には及ばないということです。サツマイモはデンプンが多く、ビタミンC（疲労回復・美肌）やカリウム（塩分排泄・血圧降下）、ビタミンE（抗酸化機能）、多量のポリフェノール等が含まれており、整腸・排便・コレステロールの低下に効く食物繊維も豊富です。

また、茎や葉は高栄養の緑黄色野菜で、タンパク質や抗酸化機能をもつカロテンはホウレンソウの二倍、カルシウムは約三倍、ポリフェノールは赤ワインの二十五倍、目の働きをよくするルテインは二倍、O－157の増殖を抑える働きもあるようです。

冬日田園雑興
（冬日田園雑興《とうじつでんえんざっきょう》）

南宋　范成大《はんせいだい》

榾拙無煙雪夜長◎
地炉煨酒煖如湯◎
莫嗔老婦無盤飣
笑指灰中芋栗香◎

榾拙《こつとつ》煙《けむり》無《な》く雪夜《せつや》長《なが》し
地炉《ちろ》の煨酒《わいしゅ》煖《あたた》かきこと湯《ゆ》のごとし
嗔《いか》る莫《な》かれ老婦《ろうふ》の盤飣《ばんてい》無《な》きを
笑《わら》って指《ゆび》さす灰中《かいちゅう》芋栗《うりつ》の香《こう》ばしきを

（七言絶句・下平声七陽の韻）

甘藷

サツマイモ

語釈

榾柮　切り取った木。粗朶《そだ》

煨酒　いけ炭で酒を暖めること

盤飣　皿に盛った酒の肴

通釈

煙出さずに　粗朶《そだ》燃えている　長き雪の夜《よ》
いろりの　埋火酒《うずみびざけ》は　湯のように　温かい
怒っては　なりませぬ　婆さんに　酒の肴《さかな》が　ないなどと
婆さんが　笑って指さす　灰の中　香ばしき　イモとクリ

鑑賞

南宋の著名な田園詩人の范成大は江南の風景を数多く詠じています。代表作は「田園雑興」六十首です。淳熙十三（一一八六）年の丙午の年の一年間をすべてスケッチ風に描写したものです。

蘇州（江蘇省）の西南六キロに周囲二十里（南北九里・東西四里）の石湖という小さな湖があります。その石湖の湖畔に架かる行春橋の前に范成大祠がありますが、そこが范成大の別荘跡です。別荘跡は春秋時代、越が呉を伐《う》つために築いた越城遺址《いし》の一部ですが、今もなおその一部が残されています。「田園雑興」詩はそこでのスケッチ風の情景を絶句に仕立て上げたものです。

この絶句は「冬日」の第八首にあたります。

前半の二句は長く寒い冬の雪の夜をいろりを囲んでくつろいでいます。いろりの灰の中には活《い》け炭《ずみ》で酒を暖めているのです。厳しい労働に明け暮れた范成大ののんびりとした一時《ひととき》が写生されています。

後半の二句は特別に用意する酒の肴はなくとも、焼き上がった香ばしい芋と栗があるというのです。それは炉端で酌む酒は何よりの御馳走です。しみじみとした田園風景が見事に描かれています。さすが南宋を代表する自然詩人です。

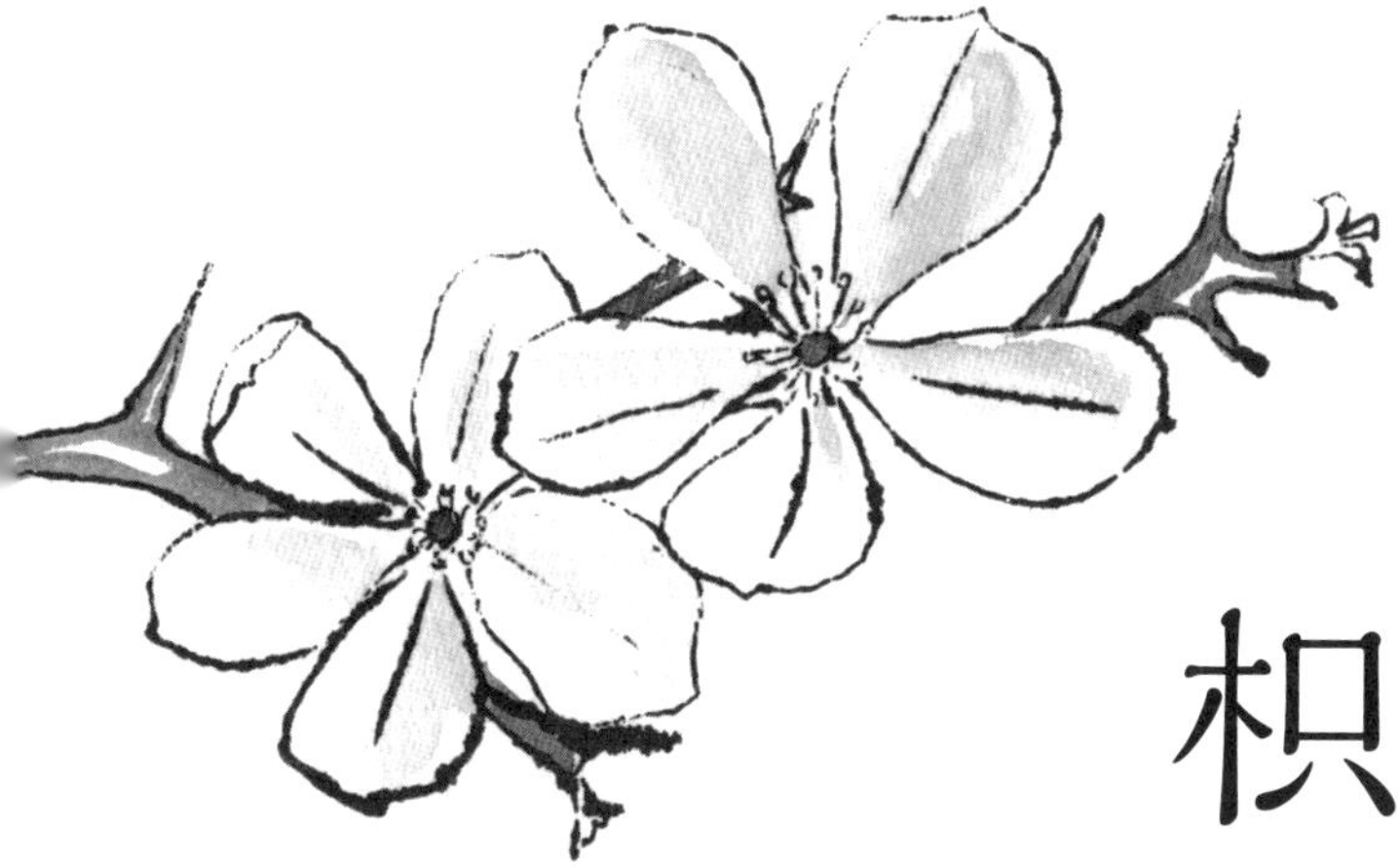

枳

カラタチ

ミカン科カラタチ属。中国の中部が原産で、朝鮮を経て渡来しました。唐橘《からたちばな》の略称で、漢名は枳橘。落葉低木で高さ二〜三メートル。時には五メートル程にもなります。樹皮は淡灰褐色で、縦に細長い溝ができ、若い枝は緑色ですが、長さ一〜六センチ程と太く、鋭い棘《とげ》があります。葉は互生。花は春（四〜五月）。葉が展開する前に棘の基部に香りのある直径三・五〜五センチの白い花を一個ずつ付けます。果実はミカン状果、直径三〜五センチの球形で、十〜十一月頃に黄色に熟します。乾燥した果実は枳実《きじつ》といい、薬用にします。用途は生け垣等、柑橘類の接ぎ木の台木にします。葉はアゲハチョウの食草になります。『万葉集』をはじめ、『伊勢物語』『枕草子』などわが国の文学に登場しますが、北原白秋の詩は有名です。

商山早行 （商山《しょうざん》の早行《そうこう》）

唐　温庭筠《おんていいん》

晨起動征鐸
客行悲故郷◎
鶏声茅店月
人迹板橋霜◎
槲葉落山路
枳花明駅牆◎
因思杜陵夢
鳧雁満回塘◎

晨《あした》に起《お》きて征鐸《せいたく》を動《うご》かす
客行《かくこう》故郷《こきょう》を悲《かな》しむ
鶏声《けいせい》茅店《ぼうてん》の月《つき》
人迹《じんてき》板橋《ばんきょう》の霜《しも》
槲葉《こくよう》山路《さんろ》に落《お》ち
枳花《きか》駅牆《えきしょう》に明《あき》らかなり
因《よ》りて思《おも》う杜陵《とりょう》の夢《ゆめ》
鳧雁《ふがん》回塘《かいとう》に満《み》つるを

（五言律詩・下平声七陽の韻）

枳

カラタチ

語釈

早行　早朝、旅に出ること
征鐸　馬の首につける鈴
客行　旅の途上
茅店　茅葺きの宿屋
槲葉　カシワの葉
枳花　カラタチの花
駅牆　宿場の土塀
杜陵　長安の南にある地名。作者の故里
鳧雁　野鴨と雁
回塘　曲がりくねった池

通釈

朝早く　鈴を鳴らして　旅立ちだ
旅の途上　故里思い　悲しさ　こみ上げる
時告げる　鶏の声　茅葺きの宿　落ちゆく月が
残ってる
板橋の霜に　人の足跡　ついている
カシワの葉　山路に落ちて
カラタチの花　宿場の土塀に　咲いている
故里の景色　夢の中
水鳥が　曲江に　満ちている

鑑賞

この詩の三・四句は人口に膾炙《かいしゃ》した対句です。宿場あたりの情景です。鶏の鳴く声、茅葺きの宿に落ち行く月、板橋に降りた霜、いかにも鄙《ひな》びた田舎の風景を聴覚と視覚それに触覚を通じて詠じています。また、「鶏声」「茅店」「月」「人迹」「板橋」「霜」と名詞だけ並べて詠い、余情が漂い、印象深く描かれています。

続く五句と六句の対句も見事です。枝に残っていた葉は新芽が出るに及んで、山路に散り落ちている。その落ち葉を踏みしめて旅をしているのです。カラタチの花が鄙びた土塀に咲いている情景も寂しさ、悲しさを誘うのでしょう。旅愁を誘う情景が前半の六句に詠われています。結びの二句は都を離れた孤独感、友人と別れた寂しさが「池に満ちる渡り鳥」や「杜陵の夢」として描かれています。

茶の木

チャノキ

茶の木はツバキ科ツバキ属。別名を茶といいます。常緑低木で、樹高一・五メートル程。葉は互生し、長さ四~十センチの長楕円形で、先が尖っており、基部はくさび形で、縁には細鋸歯《さいきょし》があり、全体に波うっていて両面とも暗緑色をしています。花は十~十一月に開花し、白色で、芳香があります。日本には建久二(一一九一)年に栄西《ようさい》が中国から持ち帰りました。

サザンカは山茶花と書き、ツバキ科ツバキ属。別名はコツバキとか、アブラチャといいます。葉・若枝・子房に毛があり、十~十二月に五弁のやや香気のある白い花やピンクの花を付けます。

無題（無題《むだい》）

荒園幾畝接寒沙◎
処処村人養緑芽◎
芳烈其香淡其色
菊花凋後見茶花◎

明治　森鷗外《もりおうがい》

荒園幾畝寒沙《こうえんいくむかんさ》に接《せっ》し
処処《しょしょ》の村人緑芽《そんじんりょくが》を養《やしな》う
其《そ》の香《か》は芳烈《ほうれつ》たり其《そ》の色淡《いろあわ》し
菊花凋後《きくかちょうご》して茶花《ちゃか》を見《み》る

（七言絶句・下平声六麻の韻）

茶の木

チャノキ

語釈

荒園　荒れた土地
畝　土地の面積の単位
寒沙　寒々とした砂
処処　どこもかしこも。ところどころではない
芳烈　強い香り
凋後　しぼみおちた後
茶花　茶の花か山茶花《さざんか》

通釈

荒れた田畑が　何畝《なんむ》も続き　寒々しく　砂浜に接している
どこもかしこも　村人たちが　青々とした　茶の木を　養う
その香りに　芳香あり　花の色は　淡《あわ》い色
菊しぼみ　茶の花の　あらわれる

鑑賞

森鷗外の明治十五（一八八二）年十一月十二日の「後北游日乗」という日記に「十二日　雨ふる車を倩《やと》ひ印幡沼の渡口瀬戸を過ぎて午後五時佐倉新町なる泉屋に着きぬ」とあり、また「佐倉は繁華ならねど宇都宮に勝ること三つあり、俗の淳朴《じゅんぼく》なる食饌《しょくせん》の精《くわし》き娼奴《しょうど》なき是なり」とあります。

鷗外は漢詩を作ることを余業としていますが、自伝的小説『雁《がん》』では漢詩文を愛読したとあります。鷗外の作詩の時期は十八歳から五十九歳の四十二年間で、二百二十首余の漢詩を残しています。芥川龍之介は鷗外の漢詩によい評価をしなかったようですが、佐藤春夫が再評価してからは詩人としての地位を確立しました。

韮

ニラ

ユリ科ネギ属。原産地は東南アジア・中国・インドです。中国では三千年も前から栽培されていました。日本への渡来は九世紀で、加美良《カミラ》とか久君美良《ククミラ》といわれていました。ニラはおいしいという意味の古語のミラが変化したものです。葉は冷え性の予防や整腸に、根は下痢止めに効果があります、ビタミンA・B・C、カリウムが含まれ、また、塩化アルカリという成分が含まれていますので、消化液の分泌を促し、内臓の働きを活発にします。

血行を良くしますので、風邪薬にもなります。肉類と一緒に食べますと消化吸収されやすくなります。

和名は韮菜《にらな》です。

贈衛八処士（衛八処士《えいはちしょし》に贈《おく》る）

唐　杜甫《とほ》

人生不相見
動如参与商◎
今夕復何夕
共此灯燭光◎
少壮能幾時
鬢髪各已蒼◎
訪旧半為鬼
驚呼熱中腸◎
焉知二十載
重上君子堂◎

人生《じんせい》相見《あいみ》ざれば
動《やや》もすれば参《しん》と商《しょう》のごとし
今夕《こんせき》復《ま》た何《な》んの夕《ゆうべ》ぞ
此《こ》の灯燭《とうしょく》の光《ひか》りを共《とも》にす
少壮《しょうそう》能《よ》く幾時《いくとき》ぞ
鬢髪《びんぱつ》各《おの》おの已《すで》に蒼《そう》なり
旧《きゅう》を訪《と》えば半《なか》ばは鬼《き》と為《な》る
驚《おどろ》き呼《よ》んで中腸《ちゅうちょう》熱《あつ》くす
焉《いず》くんぞ知《し》らん二十載《にじゅっさい》
重《かさ》ねて君子《くんし》の堂《どう》に上《のぼ》らんとは

韮

ニラ

昔別君未婚
児女忽成行◎
怡然敬父執
問我未何方◎
問答乃未已
児女羅酒漿◎
夜雨剪春韮
新炊間黄粱◎
主称会面難
一挙累十觴◎
十觴亦不酔

昔《むかし》別《わか》れしとき君《きみ》未《い》まだ婚《こん》せざりしに
児女《じじょ》忽《たちま》ちにして行《こう》を成《な》す
怡然《いぜん》として父執《ふしつ》を敬《けい》し
我《われ》に問《と》う何《いず》れの方《かた》より来《き》たりしやと
問答《もんどう》乃《すなわ》ち未《い》まだ已《や》まざるに
児女《じじょ》酒漿《しゅしょう》を羅《つら》ぬ
夜雨《やう》に春韮《しゅんきゅう》を剪《き》り
新炊《しんすい》に黄粱《こうりょう》を間《まじ》う
主《あるじ》は会面《かいめん》の難《かた》きを称《しょう》し
一挙《いっきょ》に十觴《じゅっしょう》を累《かさ》ぬ
十觴《じゅっしょう》も亦《ま》た酔《よ》わず

感子故意長◎
明日隔山岳
世事両茫茫◎

子《し》が故意《こい》の長《なが》きに感《かん》ず
明日《みょうにち》山岳《さんがく》を隔《へだ》つれば
世事《せいじ》両《ふた》つながら茫茫《ぼうぼう》たらん
（五言古詩・下平声七陽の韻）

語釈

衛八　衛は姓。八は排行
処士　役人になっていない人
動　どうかすると
参　オリオン座（冬の星）
商　サソリ座（夏の星）
鬢　頭の側面の髪
蒼　ごま塩頭

通釈

人間は　顔をあわせる　時失えば
どうかすると　オリオン座と　サソリ座のよう
今夕《こんせき》は　何と良い　夕《ゆうべ》だろう
この灯火《ともしび》を　ともにしようとは
若き時　保ち得たのは　どれほどか
お互いに　ビンや髪　ごましおに
旧き友　半ば死ぬ

韮

ニラ

鬼　死亡すること
父執　父の友
酒漿　酒と他の飲みもの
黄粱　粟
故意　友情
世事　世の中のことと運命
茫茫　はかりしれないこと

驚きて　叫《さけ》ぶたび　腸《はらわた》は　熱くなる
誰が知ろう　二十年後に
ふたたび　君の座敷に　あがろうとは
むかし　別れた時は　君は独身
今は　息子娘が　列をなす
子供らは　にこにこと　父の友に　敬意をこめて
我に問う　おじさんは　どちらから
あいさつも　すまぬうち
子供らは　酒や飲みもの　並べたて
夜の雨　春ニラを　剪《き》って来て
炊《た》きたての　御飯に　黄色い粟《あわ》が　まじってる
主《あるじ》言う　会うことの　むずかしさを
ひといきに　十杯の　盃《さかずき》を　かさねよと
たてつづけに　十杯の杯　だが酔わず
かわらない　友情に　感謝する
あす別れれば　山なみへだて
俗事に追われ　二人とも　会うあてはなし

鑑賞

杜甫四十八歳の作品です。華州の司功参軍に左遷された時、衛八処士に会うのは二十年の歳月の隔たりがありましたが、その家に訪ねた喜びを詠じた作品です。その時の感動の様子を細かく描写しています。杜甫の詩の中でも、すぐれたものの一つです。

最初の四句は、動乱の世の中で再会もむずかしいのですが、思いがけず、めぐりあえたことを詠じ、次の四句で旧友の変化に驚き、次の六句で、衛八自身と家族のことが詠じられています。息子や娘が列をなし、子供らのすなおさを詠《うた》い、衛八の家族の幸福なさまが表現されています。

残りの十句は二十年ぶりの再会を家族ぐるみでもてなしてくれている様子を詠じています。その変わらない友情に杜甫は感動し、ひといきに十杯の杯にも酔うこともできないと詠い、最後の二句で、離別後は再会もできないことを嘆きます。そう思うとやるせない気持ちにさせられます。この詩は人情の機微を写した名品です。対句は「夜雨」と「新炊」の聯《れん》だけです。

枇杷

ビワ

バラ科ビワ属。常緑高木で樹高十メートル程になります。葉は厚くて硬く、表面の毛はのちには無毛となり、光沢があります。葉形が楽器の琵琶に似ていることからビワと名付けられました。裏面と若枝・花序の中軸、柄、がくに褐色の綿毛が密生しています。晩秋から初冬の頃に開花し、芳香を放ち、翌年の夏に果実が熟します。果実の中には数個の大きな種子があり、四国や九州、房総（千葉県）の暖地に生えます。

湘南即事　（湘南即事《しょうなんそくじ》）

唐　戴叔倫《たいしゅくりん》

盧橘花開楓葉衰◎
出門何処望京師◎
沅湘日夜東流去
不為愁人住少時◎

盧橘花《ろきつはな》開《ひら》きて楓葉《ふうよう》衰《おとろ》う
門《もん》を出でて何《いず》れの処《ところ》にか京師《けいし》を望《のぞ》まん
沅湘日夜《げんしょうにちや》東《ひがし》に流《なが》れ去《さ》り
愁人《しゅうじん》の為《ため》に住《とど》まること少時《しょうじ》もせず

（七言絶句・上平声四支の韻）

枇杷

ビワ

語釈

湘南　湖南省をさす
盧橘　ビワと金柑
楓　楓香樹。一四九頁参照
沅湘　洞庭湖に注ぐ沅江と湘江
住　とどまる
少時　わずかな時間

通釈

枇杷や金柑　花が咲き　楓《ふう》の葉は　色あせる
門を出て　都のかたを　見ることできず
沅江・湘江　昼夜　東に　流れ去り
憂いを抱く　私に　わずかな時も　とどまってくれぬ

鑑賞

作者四十八歳の頃、潭州《たんしゅう》（湖南省長沙市）に滞在中の作品と思われます。枇杷と金柑の花が咲きだし、楓香樹の紅葉が色あせてきた時節、門を出て、国都長安の方向を眺めているのですが、あまりにも遠いため眺めることが不可能なので嘆いています。「何処」には、帰りたくとも帰れないという切ない気持ちがにじみでているのです。前半の二句には国都を偲ぶ思いが詠われています。

後半の二句では川の流れにさまざまな感慨が湧き起こっています。川の流れは無情です。作者の心を知ろうともせず、ひたすら流れ去っていくのです。川の流れに時の推移を見るのは孔子が「逝く者は斯《かく》のごときか。昼夜を舎《お》かず」（『論語』）と言って以来、多くの詩文に見ることができます。なお、『徒然草』第二十一段にはこの詩の後半が引用されています。

真竹《マダケ》

イネ科マダケ属。中国中南部が原産。稈《かん》（幹）は七～十メートル。直径が五～十センチ。節間二十～三十センチ。葉の長さ六～十センチ。竹の種類は多く、ヒマラヤに四十種、他に桂竹、黒竹、朱竹、油竹、石竹、甜竹《てんちく》、斤竹、毛竹、剛竹、鋼鉄頭竹、日本苦竹などがあります。なお、成都（四川省）の望江楼公園には中国各地から収集された竹が百七十種類程も植えられており、珍しいものに琴線竹、鳳尾竹、邛竹《きょうちく》、鶏爪竹《けいそうちく》、人面竹、斑竹、湘妃竹などがあり、竹の公園と呼ばれています。

英語のバンブーやドイツ語のバンブスの語源はマレー語のバンブといわれています。また、竹の花言葉は君子、節度です。

夏夜追涼（夏《なつ》の夜涼《よるりょう》を追《お》う）

南宋　楊万里《ようばんり》

夜熱依然午熱同◎
開門小立月明中◎
竹深樹密虫鳴処
時有微涼不是風◎

夜熱《やねつ》依然《いぜん》として午熱《ごねつ》に同《おな》じ
門《もん》を開《ひら》いて小立《しょうりつ》す月明《げつめい》の中《うち》
竹深《たけふか》く樹密《きみつ》にして虫鳴《むしな》く処《ところ》
時《とき》に微涼《びりょう》有《あ》り是《こ》れ風《かぜ》ならず

（七言絶句・上平声一東の韻）

語釈

依然　もとのまま
午熱　真昼の熱気
小立　しばらくの間、立ったままでいること

通釈

夜の熱　昼時《どき》のまま
門を開《あ》け　月明かりのもと　たたずんでいる
竹密に　木こんもり　茂るあたりで　虫が鳴く
その時に　かすかな涼味　風ならず

真竹

マダケ

鑑賞

この絶句はどこで作詩されたのかわかりません。長江（支流を含めて）流域かもしれません。長江流域の昼時の気温は連日、四十度を超え、湿度も高いのです。前半の二句は夜になっても、気温は昼時のままというのですから、暑苦しいのです。明るい月がさしこむ時、門を開け、涼を求めてたたずんでいると後半の二句が導きだされます。

月の光も通さない竹が深く生え、その上、樹木が繁茂している暗がりで虫がすだいたというのです。この虫の鳴き声に、作者は涼味を感じとっています。

涼風ではなく、虫の鳴き声に涼しさを感じ取る繊細な感覚が詠われています。平易な表現ですが、宋詩らしい機知に富んだみごとな作品です。

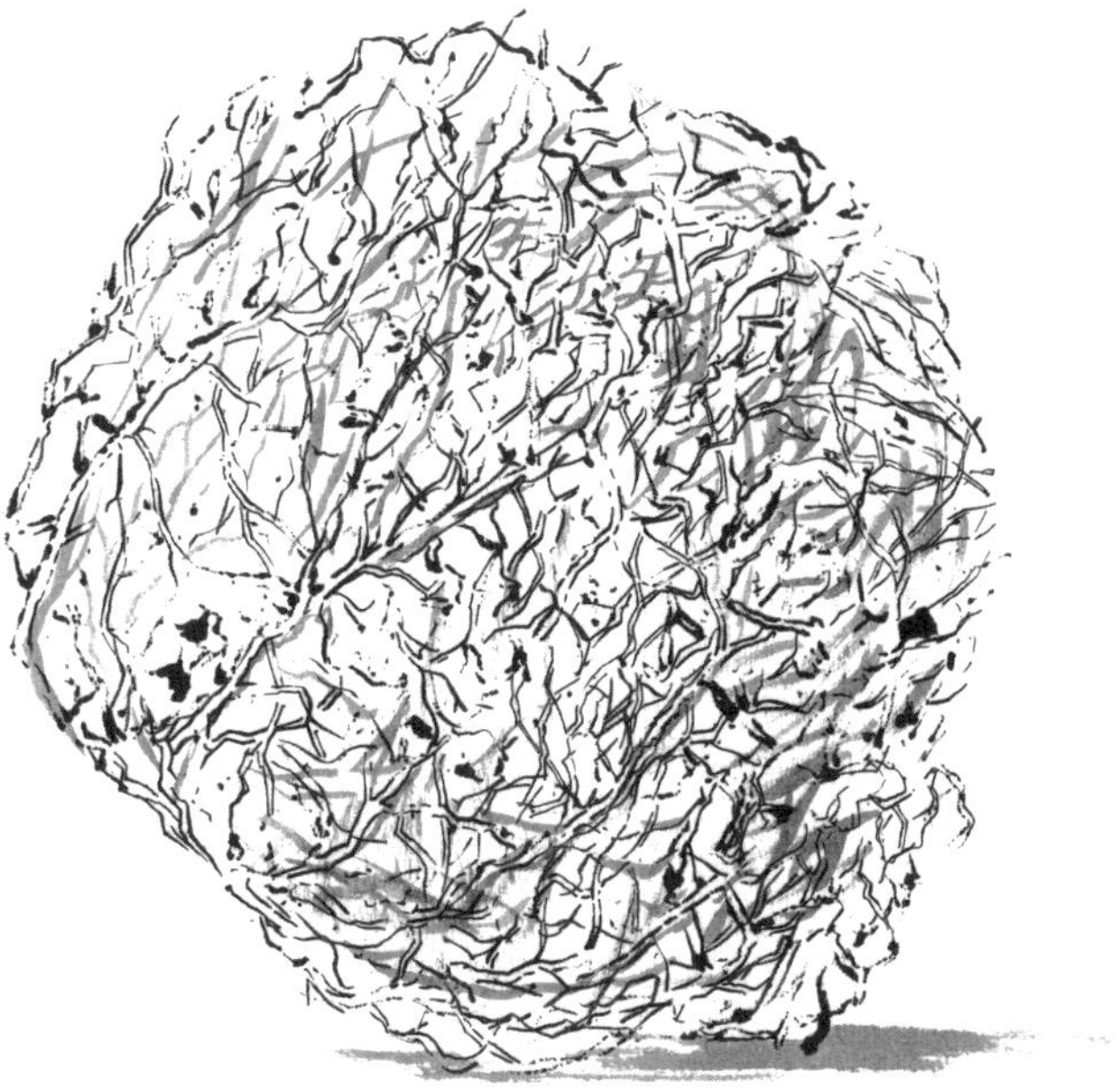

蓬

ホウ

アカザ科の一年草。ゴビ灘《タン》（砂漠とも書きます）を旅したときに、ラクダが血を流しながら食べるのが刺蓬《しほう》ですと教えてもらいました。根が横に生え、強い秋風が吹くと根から抜け、ゴビ灘を転がります。季節風に吹かれて転がるのは、種を撒《ま》き散らしているのです。転がる蓬はアザミ科（キク科ともいわれる）でヨモギ属のモチグサ（またはモグサ）とは違います。寺井泰明著『花と木の漢字学』（大修館書店）には「一年生草木で、東北、華北、西北などに分布し、砂丘や砂地に生える沙蓬で」あると指摘しています。蓬は沙蓬《さほう》や刺蓬など多くの種類があるようです。いずれも季節風で転がる植物をいいます。「転々とさすらう」たとえでも用います。

送友人（友人《ゆうじん》を送《おく》る）　唐　李白《りはく》

青山横北郭　青山《せいざん》北郭《ほっかく》に横《よこ》たわり
白水遶東城◎　白水《はくすい》東城《とうじょう》を遶《めぐ》る
此地一為別　此《こ》の地《ち》一《ひと》たび別《わか》れを為《な》し
孤蓬万里征◎　孤蓬《こほう》万里《ばんり》に征《ゆ》く
浮雲遊子意　浮雲《ふうん》遊子《ゆうし》の意《い》
落日故人情◎　落日《らくじつ》故人《こじん》の情《じょう》
揮手自茲去　手《て》を揮《ふる》って茲《ここ》より去《さ》れば
蕭蕭班馬鳴◎　蕭蕭《しょうしょう》として班馬《はんば》鳴《いなな》く

（五言律詩・下平声八庚の韻）

蓬

ホウ

語釈

北郭　まちの北
白水　夕陽で川面が白く輝いている
東城　まちの東
孤蓬　さすらう旅人にたとえる
浮雲　旅人の心
遊子　旅人
故人　親しい友。作者自身をさす
揮手　手を振りきって
蕭蕭　ものさびしい馬の鳴き声
班馬　別れゆく馬

通釈

まちの北　横たわる　青き山
まちの東　白く輝く　川めぐる
今この地　別れ告げ
風に転がる　蓬《ほう》のよに　万里の彼方　さすらう身
浮き雲は　旅人の　君の心だ
落ちゆく陽《ひ》　わが心
手を振りきって　去ろうとすると
別れゆく　馬までも　寂しげに　いないた

送別詩ですが、いつ、だれを送別したものか不明です。送別の場所は宣城（安徽《あんき》省）ともいわれており、青山は敬亭山、白水は宛渓といいます。

鑑賞

この詩は五言律詩です。律詩は第三句と第四句、第五句と第六句を対句にするきまりがありますが、この詩は第一句と第二句、第五句と第六句に対句を施し、第三句と第四句は対句をはずしています。律詩ではこうした対句を借春対といいます。

第一句と第二句の対句は青と白というように色彩を対比させ、その上、山と川、直線と曲線を配して立体的に描いています。

第三句と第四句は単調になるのをきらって対句をはずし、第五句と第六句で対句を形作っています。「浮雲」「落日」という詩語を用いて、別離の情をしみじみと描き出しています。

第七句と第八句は別れの場面です。情の無い馬までも、別れを惜しみ、哀しげに鳴《いなな》くというのは無限の余韻があります。

また、六朝《りくちょう》以来、別れの場面ではつきものの「孤蓬」「浮雲」「遊子」「落日」「班馬」などの古典的詩語を巧みに配して、別れの情をくっきりと浮きぼりにしています。

なお、第五句目の「浮雲遊子の意」は島崎藤村の「雲白く遊子悲しむ」（千曲川旅情の歌）に影響を与えています。

紅豆

コウトウ

相思子ともいいます。中国の南方に産する豆科の蔓性の灌木《かんぼく》という説もありますが、私が買い求めた相思木は高木です。豆は丸く、紅色で、実は莢《さや》に入っています。なお、蔓性の紅豆の実は楕円形をしており、半分は黒く、半分は紅色をしています。どちらも、紅豆と呼ばれています。

私が買い求めた紅豆は二十年以上経ちますが、実の表面は皺もよらず、買い求めた当時のままで、光沢があります。花は三年に一度開花するようです。

なお、紅豆の木の葉はイチイ科カヤ属の榧《かや》によく似ています。榧は樹高二十メートル程の常緑高木。花は晩春、種子は翌年の晩秋に熟し、食用や薬用になります。葉の表面が凸出し、黒緑色で光沢があり、長さ二〜三センチ。木目が美しく、材が堅く、碁や将棋の盤材になります。

相思　（相思《そうし》）　　唐　王維《おうい》

紅豆生南国
秋来発故枝◎
願君多采擷
此物最相思◎

紅豆南国《こうとうなんごく》に生《しょう》ず
秋来故枝《しゅうらいこし》発《はっ》す
願《ねが》わくは君《きみ》多《おお》く采擷《さいけつ》せよ
此《こ》の物最《ものもっと》も相《あ》い思《おも》わしむ

（五言絶句・上平声四支の韻）

紅豆

コウトウ

語釈

秋来　秋には。来は意味がない。秋が春・幾となっているテキストもある

故枝　古い枝

発　本来花が開く意だが、ここでは実がなる意味であろう

采擷　摘み取る

通釈

紅豆は　南の国に　生じる
秋には　古い枝に　実をつける
さあどうぞ　沢山の実を　摘みたまえ
この実こそ　恋の思い　誘うから

鑑賞

この作品は『王右丞集』（静嘉堂）等に掲載されていないので、王維が詠じたものかどうか疑わしいとされています。当代一流の歌い手であった李亀年が江南地方を彷徨《さすら》っていた時、王維の作と伝えられているこの「相思」詩を詠じたといいます。ですから、琵琶の名手でもあった王維とこの詩が結びついたのではないかと、田口暢穂氏は指摘していま す。興味深い指摘ではないかと思われます。

私が紅豆の実を購求したのは常熟（江蘇省）ですが、樹木は紹興（浙江省）で見ています。

作者紹介

王安石《おうあんせき》（一〇二一～一〇八六）

北宋の政治家・文人。字《あざな》は介甫。号は半山。諡《おくりな》は文。撫州臨川（江西省）の人です。慶暦二（一〇四二）年、二十二歳の若さで進士に及第しました。四十七歳の時、翰林学士になりました。四十九歳の時、「均輸法」「青苗法」などの新法を提唱しましたが、司馬光（一〇一九～一〇八六）を中心とする保守派の反対で果たすことができませんでした。詩は絶句に妙を発揮しましたが、文章家としても名高く、唐宋八大家の一人に数えられています。

作品 「夜直」（梅）

王維《おうい》（六九九～七六一）

盛唐の詩人。字《あざな》は摩詰《まきつ》。蒲州（山西省永済県）の人。二十一歳で進士に及第。書、絵、音楽にも秀でていました。特に、琵琶には巧みでした。太極丞・済州（山東省）の司倉参軍、右拾遺、監察御史、殿中侍御史、左補闕、太子中庶子、中書舎人を経て、尚書右丞にまで昇りつめ、死後、秘書監を追贈されました。

李白（詩仙）・杜甫（詩聖）とともに盛唐の三大詩人といわれ、詩仏と敬われました。また、明代には李白・杜甫・孟浩然とともに、「李杜王孟」と並称されていました。清代には神韻派は王維の詩風を模範にし、李白は天才、杜甫は地才、王維は人才と呼ばれました。

王維は五言詩に巧みでした。その代表作が『輞川集《もうせんしゅう》』です。王維の漢詩は夏目漱石や正岡子規にも大きな影響を与えています。

作品 「木蘭柴」（木蓮）／「文杏館」（銀杏）／「漆園」（漆）／「鳥鳴澗」（桂花）／「淑園」（椒）／「九月九日憶山中兄弟」（呉茱萸）／「相思」（紅豆）

王翰《おうかん》（六八七?〜七二六?）

盛唐の詩人。字《あざな》は子羽。并州《へいしゅう》晋陽（山西省太原）の人。景雲元（七一〇）年の進士ですが、官吏にはならず、自由に生きたようです。張説《ちょうえつ》に招かれて、秘書省正字になり、兵部駕部員外郎に抜擢されました。張説の失脚で、汝州（河南省）長史に左遷され、続いて、仙州（河南省）の別駕に出されましたが、飲酒と放蕩が過ぎて、道州（湖南省）司馬に左遷され、そこで没しました。

高適《こうせき》・岑参《しんじん》とともに辺塞《へんさい》詩人と呼ばれました。現在に伝わる詩は十四首残すだけです。

作品 「涼州詞」（葡萄）

王昌齢《おうしょうれい》（六九八？〜七五五？・七〇〇？〜七五五？）

盛唐の詩人。字《あざな》は少伯。長安の人といわれていますが、太原（山西省）の人とも、江寧《こうねい》（南京）の人ともいわれています。開元十五（七二七）年の進士。秘書郎・汜《はん》水《すい》の尉となりましたが、素行が悪く、江寧の丞《じょう》・竜標（湖南省）の尉に左遷されました。安禄山の乱（七五五）で、郷里に逃げ帰り、刺史《しし》の閭丘暁《りょきゅうぎょう》に殺されました。

七言絶句にすぐれ、「七言絶句の聖人」とか「詩家の夫人、王江寧」と称されました。辺塞《へんさい》詩、送別の詩、閨怨《けいえん》詩に名作を残しています。

作品 「城傍曲」（桑）

王積《おうせき》（五八五～六四四）

初唐の詩人。字は無功《ぶこう》。絳州竜門《こうしゅうりゅうもん》（山西省河津県《かしんけん》）の人。隋末の儒者王通《おうつう》・王度《おうど》の弟。隋末に官僚になりましたが、堅苦しい生活を捨てて郷里に帰りました。唐になり、仕官したものの貞観元（六二七）年に職を辞し、黄河のほとりの東皐《とうこう》に隠棲し、『老子』『荘子』を好み、酒を飲み、斗酒学士と称され、また東皐子《とうこうし》と号して、自由な生活を送りました。著書に『東皐子集《とうこうしゅう》』があります。

作品　「野望」（薇）

太田錦城《おおたきんじょう》（一七六五～一八二五）

江戸時代の儒者であり、漢詩人。名は元貞。字《あざな》は公幹。通称を才左といいました。加賀（石川県）の大聖寺の人です。漢字を五歳で覚え、十一歳で漢詩を作り、十三歳で経史を講義しました。郷里では神童と称されました。京都に出て、皆川淇園《みながわきえん》に学び、その後、江戸に出て山本北山《ほくざん》につきましたが、いずれも意に満たず、師を古人に求めました。

平生、漢詩をよくし、簡易平淡を好みました。文政八（一八二五）年四月二十三日、江戸で没しました。

作品 「秋江」（蓼）

温庭筠《おんていいん》（八一二～?）

李商隠《りしょういん》（八一三～八五八）とともに晩唐を代表する詩人で、温李《おんり》と称されました。字《あざな》は飛卿《ひけい》。太原（山西省）の人。腕組みを八回すれば、十六句（八韻）の詩がたちまちのうちに出来あがったことから温八叉《おんはっさ》と呼ばれました。詩名は残しましたが、素行が悪く、科挙の試験に失敗し、落ちぶれて死んでしまいました。詞《ツー》の作者としても知られています。

作品 「商山早行」（枳）

賈島《かとう》（七七九～八四三）

中唐の詩人。字《あざな》は浪仙《ろうせん》または閬仙《ろうせん》。范陽《はんよう》（河北省）の人。何度か科挙を受験しましたが、及第しませんでした。僧になり、無本《むほん》と号しました。韓愈《かんゆ》（七六八～八二四）に認められて還俗《げんぞく》しました。

苦吟をもって知られ、「推敲《すいこう》」の故事で名高い詩人です。孟郊（七五一～八一四）と並称されて、「郊寒島痩《こうかんとうそう》」と評されました。

作品 「尋隠者不遇」（松）

韓愈《かんゆ》（七六八～八二四）

中唐の詩人。字《あざな》は退之、諡《おくりな》を文公。孟県（河南省）の人です。貞元八（七九二）年、二十五歳のときに進士に及第しました。三十五歳で四門博士、翌年監察御使になり、宮市《きゅうし》を上疏《じょうそ》して、徳宗の怒りに触れ、陽山（広東省）に左遷されました。五十二歳の時、宮中に仏骨を迎えることに反対して、「仏骨を論ずる表」という上奏文を書いて、憲宗の逆鱗《げきりん》に触れ、潮州（広東省）に流されましたが、翌年には中央政界に復帰し、国子祭酒・兵部侍郎・吏部侍郎等を歴任し、長慶四（八二四）年に他界しました。死後、礼部尚書を追贈されました。

韓愈は李白（七〇一～七六二）・杜甫（七一二～七七〇）・白居易（七七二～八四六）とともに、中国四大詩人に数えられています。散文では駢儷《べんれい》文に反対し、古文の復興を唱え、柳宗元（七七三～八一九）と並んで韓柳と併称され、唐宋八大家の一人に数えられています。

作品　「山石」（梔）

項羽《こうう》（前二三二〜前二〇二）

前漢の武将。名は籍《せき》。字《あざな》は羽《う》。下相《かそう》（江蘇省宿遷県《しゅくせん》）の人です。代々楚の将軍の家柄でした。秦末の頃、季父《おじ》の項梁《こうりょう》とともに兵を起こして活躍しましたが、劉邦との対決で、壮烈な最期を遂げます。

作品　「垓下歌」（虞美人草）

高駢《こうべん》（八二一？〜八八七）

晩唐の詩人。字《あざな》は千里《せんり》。幽州（北京市）の人。南平郡王・高崇文の孫で、学問に優れ、多くの文士と交際したばかりではなく、武芸にも習熟していました。朔方節度使の朱叔明に仕えて、司馬（副知事クラス）となり、侍御史のとき、二羽のオオワシを一本の矢で射落とし「落雕侍御《らくちょうじぎょ》」と賞賛されました。安南（ベトナム）で手柄をたて、黄巣の乱（八七五）で名を挙げましたが、乱後、野心を抱いて朝命に背き、兵権を奪い取られました。失意のうちに神仙思想に凝り、最後は部下に謀《はか》られて殺されてしまいました。

作品 「山亭夏日」（薔薇）

司空曙《しくうしょ》（七四〇?～七九〇?）

中唐の詩人。字《あざな》は文明（文初《ぶんしょ》とも）。広平（河北省）の人。大暦の十才子。権力に媚《こ》びない人といわれています。

作品 「江村即事」（葭）

司馬光《しばこう》（一〇一九～一〇八六）

北宋の歴史家・詩人。字《あざな》は君実《くんじつ》。陝州（山西省夏県）の人。七歳のとき、『春秋《しゅんじゅう》左氏伝』を聴講し、帰宅後、家人に要旨を話して聞かせたといいます。二十歳で進士に及第。王安石（一〇二一～一〇八六）の登用で、新法が実施されると、それに反対して、官界を引退しました。洛陽の南郊に「独楽園」を建て、悠々自適の生活を送りましたが、哲宗の即位で、官界にもどり、宰相となりましたが、八ヵ月後に死亡しました。大師温国公を贈られました。

作品 「客中初夏」（葵）

謝朓《しゃちょう》（四六四〜四九九）

斉の詩人。字《あざな》は玄暉《げんき》。陳郡陽夏（河南省太康）の人。武帝のとき中書郎となり、明帝のとき宣城（安徽《あんき》省宣城）の太守から尚書吏《り》部郎になりました。のち始安王遥《よう》光《こう》を即位させようとする企てに乗らず、遥光の怒りをかい、投獄されて獄中で死亡しました。

詩風は謝霊運（三八五〜四三三）の山水詩の流れを汲んでいます。『謝宣城集』五巻があります。

作品 「游東田」（荷）

朱熹《しゅき》（一一三〇〜一二〇〇）

南宋の哲学者。字《あざな》は元晦《げんかい》（仲晦《ちゅうかい》とも）。号は晦庵《かいあん》とも、晦翁《かいおう》ともいいます。諡《おくりな》は文《ぶん》公《こう》。朱子《しゅし》・朱文公《しゅぶんこう》とも称されています。徽《き》州《しゅう》婺源《ぶげん》（江西省）の人。十九歳で進士に及第し、同安県（福建省）の主簿に就きましたが、役人を辞めて、郷里に帰り、『論語集注《しっちゅう》』『詩集伝』等に新しい解釈を施し、新しい哲学体系をつくり上げました。五十歳で南康軍《なんこう》（江西省）の知事になり、廬山《ろざん》の白鹿堂書院を復興しました。寧宗の時、朱熹の学問は偽学とされて弾圧されましたが、元代には官学になりました。わが国には後醍醐天皇の時に伝来し、江戸時代には多大な影響を与えました。

作品　「偶成」（梧桐）

詩経《しきょう》

中国最古の詩集。紀元前十二～紀元前七世紀の黄河流域の歌謡で五経の一つ。風《ふう》・雅《が》・頌《しょう》の三部から成ります。孔子が三百五編に編んだものです。

作品　「木瓜」（木瓜）※「摽有梅」（梅）

薛濤《せっとう》（七六八？～八三一？）

中唐の女流詩人。字《あざな》は洪度。もとは長安の良家の娘で、父に従って成都に移り住みましたが、父の死後も、母と成都に留まり、妓女《ぎじょ》となり、詩の才によって、文人らと交際しました。七言絶句を得意としました。晩年は浣花渓《かんかけい》のほとりに住み、絶句を書くのに適した「薛濤箋《せっとうせん》」という詩箋を作ったと伝えられています。詩集に『錦江集』があったらしいのですが、今は伝わっていません。

作品 「海棠渓」（海棠）

曹植《そうち》（一九二〜二三二）

三国時代・魏の詩人。字《あざな》は子建。魏の太祖曹操の第三子。陳王に封ぜられ、死後、思《し》と謚《おくりな》されました。六朝第一の詩人との評。七十首程残されています。

作品 「七歩詩」（大豆）

蘇軾《そしょく》（一〇三六〜一一〇一）

北宋の詩人。字《あざな》は子瞻《しせん》。号は東坡居士《とうばこじ》。眉州眉山《びしゅうびざん》（四川省）の人です。詩をはじめ、詞《ツー》・書・画・散文にも優れ、北宋第一の才人として知られています。殊に、散文は父の洵《じゅん》・弟の轍《てつ》とともに、唐宋八大家の一人に数えられています。

家柄の低い出の蘇軾は二十一歳の時、弟の轍とともに進士に及第し、二十六歳の時にさらに上級の試験にも弟とともに及第しました。神宗が即位し、王安石の唱える新法が施行されると、蘇軾は新法に反対する意見を示したことから地方に左遷されました。

四十四歳、湖州知事（浙江省）の時、朝廷を誹謗《ひぼう》した詩があるとされて、黄州（湖北省）に流されました。黄州の東の岡で耕作生活を送りましたが、この黄州での生活が人生の転換期になり、詩風も変わりました。

五十歳の時、神宗が崩御すると、都に呼び戻されました。五十九歳の時、新法党が復権すると、恵州（広東省）に流され、六十二歳の時、海南島の儋州《たんしゅう》（海南省）に追放されましたが、三年後、哲宗が崩《ほう》じると旧法党が復権し、都に戻る途中、常州（江蘇省）で客死しました。南宋の孝宗の時、文忠という諡《おくりな》を賜《たまわ》りました。

蘇軾の詩はわが国では鎌倉・室町時代の五山の詩僧に大きな影響を及ぼしました。

作品　「恵崇春江暁景」（桃）／「和孔密州五絶東欄梨花」（梨）／「食茘支」（茘支）

蘇舜欽《そしゅんきん》（一〇〇八〜一〇四八）

北宋の詩人。字《あざな》は子美。梓州《ししゅう》銅山（四川省）の人で滄浪翁《そうろうおう》と号しました。景祐年間（一〇三四～一〇三八）の進士です。革新派の若手官僚として活躍し、集賢校理になりましたが、失脚し、蘇州（江蘇省）の滄浪亭に閉居して、読書と詩作につとめました。

作品 「夏意」（柘榴）

戴叔倫《たいしゅくりん》（七三二？～七八九？）

中唐の詩人。字《あざな》は幼公。潤州《じゅんしゅう》金壇（江蘇省）の人。湖南江西節度使の曹王の属僚のとき、政治的手腕が認められ、撫州《ぶしゅう》（江西省）刺史《しし》代理、容管（広東省）の経略使を歴任し、道士になりたくて辞職しましたが、まもなく死去しました。

作品 「湘南即事」（枇杷）

張継《ちょうけい》（生没年不詳）

中唐の詩人。字《あざな》は懿孫《いそん》。襄陽《じょうよう》（湖北省襄樊《じょうはん》市）の人。天宝十二（七五三）年の進士です。大暦年間（七六六～七七九）に検校祠部員外郎になりました。詩は三十首あまり残されていますが、「楓橋夜泊」詩が名高いです。

作品　「楓橋夜泊」（楓）

張籍《ちょうせき》（七六八～八一九）

中唐の詩人。字《あざな》は文昌《ぶんしょう》。和州烏江《かしゅううこう》（安徽省和県《あんきか》）の人。貞元十五年（七九九）の進士です。秘書郎・太常寺太祝・水部朗中を経て、国子博士・国子司業等を歴任しました。楽府《がふ》体の詩にすぐれ、王建と「張王」と併称されました。性格は剛直でした。

作品　「逢賈島」（款冬）

陶淵明《とうえんめい》（三六五～四二七）

東晋の詩人。字《あざな》は元亮《げんりょう》（一説には名は潜、字は淵明）。潯陽柴桑（江西省九江県荊林街）の人。曾祖父の陶侃《とうかん》は晋の名将であり、祖父も父も太守になっています。母方の祖父孟嘉《もうか》は風流人です。二十九歳で江州祭酒になりましたが、すぐに辞めましたが、以降十三年間は断続的に役人生活を送りました。四十一歳の時、彭沢《ほうたく》県令になりましたが、九十日足らずで官を捨てて郷里に帰りました。郷里では自適の生活を送り、「古今隠逸詩人の宗」と称されました。

詩は『文選《もんぜん》』に収められています。唐宋を代表する詩人たちに影響を与えましたが、特に王維・孟浩然・白居易・王安石・蘇軾・朱熹等々には大きな影響を及ぼしました。

作品 「責子」(栗)

杜甫《とほ》(七一二〜七七〇)

盛唐の大詩人。字《あざな》は子美《しび》。号は少陵。本籍は襄陽(湖北省)。杜甫は洛陽の東六十五キロ、鞏《きょう》県(河南省鞏儀市)の筆架山で生まれました。科挙になかなか及第せず、三十五歳くらいまで各地を彷徨《さまよ》っていました。この間、李白や高適らの詩人と交わりました。四十四歳の時、身分の低い官職に就きましたが、安禄山の乱に遭遇し、蘆子関で賊軍に捕まり、長安(陝西省西安市)に幽閉されました。しかし、脱出に成功して、鳳翔《ほうしょう》(陝西《せんせい》省)の行在所《あんざいしょ》の粛宗のもとに駆けつけ、左拾遺(科挙の成績優秀者に授けられる官位)という官職を授けられました。しかし、宰相の房琯《ぼうかん》を弁護して、天子の不興を買い、華州(陝西省)に左遷されました。流された華州では、大飢饉に遭遇し女の子を餓死させ、官職を捨て、妻子をつれ、食を求めて秦州、同谷、成都への旅に出ました。

上元元（七六〇）年、成都（四川省）の厳武の幕僚になりましたが、厳武の死で、長江を下り、岳陽付近の湘江で亡くなりました。

杜甫はあらゆる詩形に通じていましたが、殊に対句を重んじる律詩を得意としていました。李白とともに中国最高の詩人で、詩聖と称されていました。

作品　「絶句」（羊躑躅）／「蜀相」（柏）／「贈衛八処士」（韮）

杜《と》牧《ぼく》（八〇三〜八五二）

晩唐の詩人。字《あざな》は牧之《ぼくし》。号は樊川《はんせん》。京兆万年（陝西省西安市）の人。祖父の杜祐《とゆう》は中唐の宰相で、「通典《つてん》」の著者です。大和二（八二八）年の進士に合格し、さらに上級の賢良方正科にも及第しています。弘文館校書郎・監察御史・黄州刺史（湖北省）・池州刺史（安徽省）・睦州刺史（浙江省）・湖州刺史・中書舎人等を歴任しました。

杜甫を「老杜」というのに対して、杜牧は「小杜」と呼ばれました。つまり、詩聖杜甫と比較される程の詩人です。杜牧はセンスの良い七言絶句を数多く作っています。李商隠《りしょういん》（八一三〜八五八）とともに李杜と称され、晩唐を代表する詩人です。

作品 「清明」（杏）

夏目漱石《なつめそうせき》（一八六七〜一九一六）

慶應三年一月五日（二月九日）、江戸牛込馬場下横町（東京都新宿区喜久井町）に夏目家の五男として出生。本名、金之助（一時、塩原金之助）。府第一中学校（現都立日比谷高校）、二松學舎（現二松學舎大学）、帝国大学（東京帝国大学）、同大学院を経てイギリス留学。熊本五高（現熊本大学）、帝国大学などいくつかの大学等で務めたのち朝日新聞社入社。

大正五年『明暗』を朝日新聞に連載中の十二月十九日に不帰の人となりました。脳の重さは千四百二十五グラム。

作品は『こゝろ』をはじめ『道草』『明暗』『文鳥』『一夜』など多数。『中国語で聞く夏目漱石漢詩選』（耕文社）は名高い。漱石の弟子には安部能成・森田草平・小宮豊隆・鈴木三重吉・芥川龍之介・和辻哲郎・寺田寅彦・阿部次郎・皆川正禧と多才な人材を輩出しています。

作品 「題自画」（水仙）／「山路観楓」（楓）

白居易《はくきょい》（七七二〜八四六）

中唐の大詩人で、李白・杜甫・韓愈とともに四大詩人と呼ばれています。字《あざな》は楽天。号は香山居士。酔吟《すいぎん》先生という別号もあります。白居易の先祖には疑問な点が多く、西域の出身ではないかとも言われています。自ら太原（山西省）の人と称していますが、新鄭《しんてい》（河南省）の東郭で生まれ、十二歳まで過ごしました。曾祖父の白温のときから下卦《かけい》（陝西《せんせい》省渭南市下吉）に住みました。

二十九歳の若さで進士に及第し、六年後には上級職にも及第し盩厔《ちゅうちつ》（陝西省周至県）の県尉となり、高級官僚としてスタートしました。比較的順調に出世し、集賢校理・翰林学士・左拾遺・尚書司門員外郎等を歴任し、その後、蘇州刺史・杭州刺史等の地方官を経て、大和元（八二七）年に中央政界に復帰し、刑部尚書にまで昇りつめました。死後、尚書右僕射を追贈されました。

白居易の詩文は「新楽府《しんがふ》五十首」や「秦中吟」等の諷諭《ふうゆ》詩に代表されますが、流行したのは「長恨歌」や「琵琶行」等の感傷詩です。三千八百首あまりの詩を残しています。なお、白居易の詩文は『枕草子』をはじめ、『源氏物語』『和漢朗詠集』『大鏡』などの日本文学にも大きな影響を与えています。

作品 「暮立」（槐）／「村夜」（蕎麦）／「送王十八帰山寄題仙遊寺」（菊）

范成大《はんせいだい》（一一二五～一一九三）

南宋の詩人。字《あざな》は至能《しのう》。号は石湖《せきこ》居士。平江府呉県（江蘇省蘇州市）の人。紹興二十四（一一五四）年の進士です。徽州（安徽省）の司戸参軍を振り出しに、秘書省正字・校書郎・著作佐郎・礼部員外郎・中書舎人等を歴任しました。乾道六（一一七〇）年国信使として金《きん》に使いしました。淳熙九（一一八二）年、病を理由に退官し、石湖のほとりに居を構え、悠々自適の生活を送りました。死後、崇国公に封じられ、文穆《ぶんぼく》を諡《おくりな》されました。

田園詩人と呼ばれる范成大は陸游（一一二五～一二〇九）と楊万里（一一二七～一二〇六）と並んで、南宋を代表する詩人です。

作品 「晩春田園雑興」（菜の花）／「冬日田園雑興」（甘藷）

藤井竹外《ふじいちくがい》（一八〇七～一八六六）

江戸末期の詩人。名は啓《ひらき》。字《あざな》を士開。竹外は号。摂津（大阪）の高槻藩士です。

詩は頼山陽に学び、「絶句の竹外」と呼ばれていましたが、儒者としても名高く、森田節斎・山田方谷とともに、「関西の三儒」と称されました。晩年は京都に隠棲しました。酒好きで豪放な性格の竹外は梁川星巌《やながわせいがん》や広瀬淡窓《たんそう》と親交を結びました。

作品 「芳野」（桜）

森鷗外《もりおうがい》（一八六二〜一九二二）

漱石と並ぶ明治の二大文豪。小説家・評論家。島根県津和野町に生まれました。本名は林太郎《りんたろう》。父は津和野藩の典医。一八七四年、東京医学校予科（東京帝国大学医学部）に入学、卒業は一八八一年七月、十九歳で医学士。ドイツ留学の希望を実現させるために軍医になり、その念願をかなえて留学（一八八四〜一八八八）し、ペッテンコーファーらについて衛生学を学びました。留学中にヨーロッパの文学・哲学・思想に大きな影響を受けました。帰国後、留学中の体験を基にした『舞姫』『うたかたの記』『文《ふみ》づかひ』の三部作は近代小説の礎《いしずえ》になりました。明治四十（一九〇七）年、軍医の最高位である軍医総監となり、再び文学活動を始めました。当時の文壇は自然主義が全盛でしたが、漱石とともに反自然主義の立場をとりました。

その後、『阿部一族』『山椒大夫』『高瀬舟』『寒山拾得』『渋江抽斎』等々を著しています。

作品 「無題」（茶の木）

楊巨源《ようきょげん》（生没年不詳）

中唐の詩人。字《あざな》は景山。蒲中（山西省）の人。貞元《ていげん》五（七八九）年の進士。虞部員《ぐぶうん》外郎《がいろう》・太常博士・礼部員外郎・国子祭酒を歴任し、礼部郎中《れいぶろうちゅう》で終わりました。詩にたくみでした。元稹《げんじん》・白居易と交わりました。

作品 「折楊柳」（柳）

楊万里《ようばんり》（一一二四～一二〇六）

南宋の詩人。字《あざな》は廷秀《ていしゅう》。号を誠斎。吉州吉水（江西省）の人。紹興二十四（一一五四）年の進士。地方官を務めたあと、国士博士・太常博士などを歴任。死後、光禄大夫を贈られました。文節と諡《おくりな》されました。四千二百余首を残した楊万里は陸游・范成大とともに南宋の三大詩人と呼ばれています。

作品　「夏夜追涼」（真竹）

李白《りはく》（七〇一～七六二）

盛唐の詩人で詩仙と称されました。中央アジアの砕葉《スャブ》（キルギス・トクマク）の生まれ、五歳のとき、主月連郷（四川省）に移り住む。二十五歳のとき、蜀（四川省）を出て、各地を放浪し、四十二歳のとき、翰林供奉になりました。しかし、朝廷を追放され、五十六歳のとき、安禄山の乱で永王に招かれて、幕下に加わりましたが、永王と粛宗との仲違いから、捕えられ、夜郎（貴州省）に流され、途上、巫山あたりで恩赦にあって、長江を下り、江南地方に遊びました。宝応元（七六二）年十一月当塗《とうと》（安徽省）で亡くなりました。

詩は天馬空を行くがごとく、筆の運ぶにまかせて、スケールの大きな作品になりました。絶句にすぐれた作品が多くみられます。

作品　「蘇台覧古」（菱）／「送友人」（蓬）

劉禹錫《りゅううしゃく》（七七二～八四二）

中唐の詩人。字《あざな》は夢得《ぼうとく》。中山（河北省）の人。貞元九（七九三）年の進士。貞永の変（八〇五）で連州（広東省）刺史《しし》に左遷、二ヵ月後に朗州（湖南省）司馬に、のち中央に戻されましたが、元和十（八一五）年、時事を諷刺した詩を作って、播州《はしゅう》（貴州省）に流されました。その後、和州《かしゅう》（安徽省）を経て中央に復帰し、検校礼部尚書等を歴任しました。晩年は白居易と詩を唱和し、白居易から詩豪と称されました。

作品　「賞牡丹」（牡丹）

あとがき

本書に取りあげた五十一首の漢詩にまつわるエッセイのうち、八割強は天真書道会（本部・東京都荒川区・野原梅峰理事長）の刊行する「天真」誌に「漢詩風土記」と題して連載したものです。残りの二割弱の九首については書き下ろしです。

詩中に詠まれた草花はニラ・菊・サツマイモ・菜の花・ソバ・ハス・大豆など日常生活に関わりのある野菜。また、ワラビ・フキ・タデといった山菜。それに梅・茶・木蓮などの樹木に咲く花などを取りあげています。本書に登場する植物の中でもとりわけ貴重なのは、紹興（浙江省）にある晋の名臣謝安（三二〇―三八五）の衣冠塚を詣でた折、墓道の傍らにあった紅豆杉でしょうか。イチイ科の榧《かや》に似た樹木との遭遇には感激したものです。詩仏王維（六九九―七八五）は「紅豆南国に生ず」（「想思」詩）と詠っています。紅豆杉の傍らには「二百五十万年前に地球に出現した植物だが、今では絶滅危惧種」になっているという説明がありました。私は紅豆杉と対面する以前に常熟（江蘇省）で紅豆を購求していましたので感激の度合いが高まりました。紅豆を買い求めて以来、すでに十余年は経っていますが、紅豆の表面は今でも皺も寄らず、光沢を放ったまま生き生きとしている不思議な豆です。

王維は紅豆をどこで見たのでしょうか。王維は南国へ旅をしたことがないはずですから、ともすれば紅豆峡（山西省と河南省の境）で眺めたのかもしれません。

書名が『漢詩花ごよみ——百花譜で綴る名詩鑑賞』と決まるまでには亜紀書房編集長の内藤寛氏と繰り返しアイディアを練りました。この書籍を多くの読者の方々に手に執っていただき、それが漢詩を楽しむ契機になれば、との願いからです。

最後になりましたが、内藤寛編集長の深い心遣いには深甚なる謝意を表します。また、銅版画で名高い牛尾篤氏にはユニークで、しかも個性的な作品をお寄せいただき、心より御礼申しあげて、筆を擱《お》きます。

平成二十八年十二月二十日
袖ヶ浦市・双茘山房にて

麒堂散人　渡部英喜　記す

著者

渡部英喜（わたなべ・ひでき）

1943年新潟県生まれ。二松學舍大学大学院文学研究科中国学専攻博士課程単位取得退学。NHK文化センター千葉講師・新潮講座神楽坂講師。元盛岡大学文学部教授。
全国漢文教育学会常任理事。訪中歴98回。
著書：『心にとどく漢詩百人一首』『心がなごむ漢詩フレーズ108選（共著）』（以上、亜紀書房）、『漢詩　四季のこよみ』『自然詩人　王維の世界』『新書　唐詩選』（以上、明治書院）、『漢詩歳時記』『漢詩の故里』『漢詩百人一首』（以上、新潮選書）、『長江漢詩紀行』『シルクロード漢詩文紀行』（以上、昭和堂）、『黄河漢詩紀行』『古都漢詩紀行』『日本漢詩紀行』（以上、東方書店）、『唐詩解釈考』（研文社）『詩跡を訪ねて』『漢詩考』（以上、鳥兎書房）。他に共著11冊。
監修：『松下緑漢詩戯訳　七五調で味わう人生の漢詩』（亜紀書房）、『唐詩を読む』『唐詩を読む（二）』（新潮カセットブック&CD）

画

牛尾篤（うしお・あつし）

1958年島根県生まれ。多摩美術大学を卒業後、オーストリア国立ウィーン応用美術大学で、銅版画を学ぶ。装丁、装画を多数手がける。フマ コンテンポラリー、リブレリーシス、青木画廊にて個展。

漢詩花ごよみ　百花譜で綴る名詩鑑賞

著者　渡部英喜

発行　2017年3月1日　第1版第1刷発行

発行者	株式会社　亜紀書房 東京都千代田区神田神保町1-32 TEL　03-5280-0261 振替　00100-9-144037 http://www.akishobo.com
装丁・DTP	コトモモ社
印刷・製本	株式会社トライ http://www.try-sky.com

Printed in Japan

好評既刊

心がなごむ漢詩フレーズ108選

渡部英喜、平井徹

一九〇〇円

心にとどく漢詩百人一首

渡部英喜

二三〇〇円

松下緑漢詩戯訳
七五調で味わう人生の漢詩

渡部英喜 監

一七〇〇円